Ilja Leonard Pfeijffer
Monterosso mon amour

Ilja Leonard Pfeijffer

MONTEROSSO MON AMOUR

Eine Novelle

Übersetzung aus dem Niederländischen
von Ira Wilhelm

Mehr über unsere Autorinnen, Autoren und Bücher:
www.piper.de/literatur

Die Übersetzung dieses Buches wurde
vom Nederlands Letterenfonds gefördert.

N ederlands
letterenfonds
dutch foundation
for literature

Von Ilja Leonard Pfeijffer liegt im Piper Verlag vor:
Grand Hotel Europa

ISBN 978-3-492-07174-1

© Ilja Leonard Pfeijffer
Titel der niederländischen Originalausgabe:
»Monterosso mon amour«,
De Arbeiderspers, Amsterdam 2022

© Piper Verlag GmbH, München 2022
Umschlaggestaltung: Cornelia Niere
Umschlagabbildung: © Stephan Vanfleteren
Gesetzt aus der Adobe Garamond Pro
Satz: Satz für Satz, Wangen im Allgäu
Druck und Bindung: GGP Media GmbH, Pößneck
Printed in Germany

1

Wird aus Unzufriedenheit Zufriedenheit, wenn man sich mit ihr abfindet? In letzter Zeit ertappt sich Carmen immer öfter dabei, dass sie sich in verlorenen Momenten allein zu Hause oder in der Bibliothek, wenn sie zwischen zwei Besprechungen den Schreibtisch aufräumt, solche unmöglichen Fragen stellt. Oder dass sie sich, nachdem sie die Putzfrau bezahlt und verabschiedet hat, stellvertretend müde für den Nachmittagssherry aufs Sofa plumpsen lässt und plötzlich grundlos darüber nachdenkt, ob Gewohnheiten aller Art eine Überlebensstrategie sein könnten und damit evolutionär betrachtet von Vorteil wären. Als eine ihrer Freundinnen vom Lesekreis sie vorige Woche Anna Karenina genannt hat, fiel ihr der berühmte Anfangssatz des Romans ein, der besagt, dass alle glücklichen Familien einander gleichen, jede unglückliche Familie aber auf ihre eigene Weise unglücklich sei, weshalb sie der sich daraus entspinnenden Diskussion nicht mehr aufmerksam folgte und sich stattdessen der Frage widmete, ob diese Aussage wohl stimme, nur um sogleich von der Frage heimgesucht zu werden, ob Glück und Unglück überhaupt als eine Familienangelegenheit zu betrachten seien. Und als sie gestern die Förderanträge abheftete, dachte sie an Nietzsche, an den sie seit ihrer wilden Amsterdamer Zeit nicht mehr gedacht hatte, und an dessen Spruch – falls ihre Erinnerung sie nicht täuscht und er tatsächlich von Nietzsche stammt –, dass man fast alles ertragen könne, solange man ein Ziel im Leben habe.

Nun aber grübelt sie darüber, was verlorene Momente eigentlich sind. Wenn die Zeit sämtliche Augenblicke wie Konfetti am Morgen nach der Party auf einen Haufen zusammenkehrt, ohne dass einer von ihnen dem unaufhaltsamen Untergang entwischt, wie können dann manche dieser Augenblicke verlorener sein als andere? Mit jeder Stunde wird sie eine Stunde älter, gleichgültig, ob sie zupackend nach vorne blickt oder melancholisch über das Früher sinniert, denn es kommt aufs Gleiche raus: Es gibt immer weniger von dem, wonach man Ausschau hält, und immer mehr vom Früher, dem man hinterhertrauert. Halten Leute Augenblicke für verloren, dann wohl, weil diese ihrer Ansicht nach nichts zu ihren hochgestellten Zielen beigetragen haben; lässt man jedoch einmal das ganze Gewese mit den Zielen weg, gibt es keinen Grund mehr, verlorene Augenblicke von wohlverbrachter Zeit zu scheiden. Oder sind den Menschen gar jene Augenblicke verloren, in denen sie sich auf dem trägen Strom sanft gluckernder Gedanken davontragen lassen? Wäre das der Fall, dann müsste Carmens Leben umso gewisser als verloren bezeichnet werden.

Sie will sich nachschenken, ändert jedoch ihre Meinung. So geht es nicht. Das kann kein Anfang sein. Sie schraubt die Flasche wieder zu und stellt sie zurück in den Abstellraum unter der Treppe, wo sie ihren Sherryvorrat aufbewahrt. Sie geht zur Küche und kocht sich heldinnenhaft eine Riesenkanne Tee.

2

Sie fühlt sich alt, weil sie so gerne liest. Die Schuld daran, dass sich ihre persönlichen Interessen und die Obsessionen der Welt immer weiter voneinander wegbewegen, gibt sie der Welt. Aber sie ist nicht dämlich, obwohl sie manchmal die Naive gibt, vor allem in Robs Anwesenheit, weil sie weiß, dass er sich für alles gerne verantwortlich fühlt, und weil es vieles einfacher macht, weshalb ihr, wenn sie sich zu einer gewissen Ernsthaftigkeit zwingt, durchaus klar ist, dass der Hass auf das Altern und der Vorwurf an die Welt, sie laufe ungerührt weiter, Symptome des verhassten Alterns sind. Sie selbst kann immer weniger mithalten, und um diese Einsicht ertragen zu können, tut sie so, als verweigere sie sich dem Lauf der Welt, weil ihr die Richtung, die die Geschichte einschlägt, nicht gefällt.

Doch neigt sie dazu, sich sofort zu korrigieren: Es stimmt nicht, dass sie nicht mithalten kann, weit gefehlt! Es ist nur so, dass sie kaum noch Interesse dafür aufbringt, sich über Kleinigkeiten aufzuregen. Sie liest die Abendzeitung NRC Handelsblad, obwohl sie viel lieber eine Morgenzeitung lesen würde, weil Nachrichten dann, wenn man den ganzen Tag noch vor sich hat, weniger ins Gewicht fallen als am Abend mit seiner Melancholie. Aber Rob liebt seine Gewohnheiten, und sie kennt ihn gut genug, um zu wissen, dass sie ihm keinen Gefallen täte, würde sie ihm vorschlagen, das Zeitungsabonnement zu ändern. Für ihre Arbeit in der Bibliothek liest sie regelmäßig die Buchrezensionen und verfolgt pflichtgemäß die Auslands- und Inlandsnachrichten, aber während sie in ihrer wilden Amsterdamer Zeit bei jeder Gelegenheit in authentische Wut ausbrach, vor allem, wenn Frauen Unrecht getan wurde, macht sie heute die irritierende Erfahrung, dass die globalen Entwicklungen und die täglichen Ausblicke auf eine potenziell beunruhigende Zukunft ihr immer gleichgültiger werden. Sie liest lieber Bücher, richtige Bücher. Bücher mit den großen Fragen, die sich ihr selbst nun immer öfter stellen, und Bücher, in denen sich die Aktualität nicht dauernd nervig in den Vordergrund drängt wie ein ununterbrochen jängelndes, um Aufmerksamkeit heischendes Smartphone, und in denen eine Geschichte erzählt wird.

Vor allem Letzteres. Carmen hungert geradezu nach Geschichten. Wenn sie liest und ein Roman sie wirklich ergreift, bekommt sie manchmal das Gefühl, unter die Zeit zu kriechen. Mit genau diesen Worten hat sie es einmal ihren Freundinnen vom Lesekreis zu erklären versucht, aber keine hat verstanden, was sie meinte. Sie erinnert sich an ihre ersten Sommerferien am Mittelmeer, das ist lange her, sie war mit den Eltern in Monterosso und weiß noch genau, wie sehr der Anblick des

Wassers sie rührte, weil es so durchscheinend war, dass man den Meeresboden sehen konnte. In guten Romanen werden wässrig gewordene Gefühle so klar dargestellt, dass man plötzlich erkennt, wie tief sie eigentlich sind. Wer unter Wasser schwimmt, vergisst die Verwerfungen an der Oberfläche und befindet sich in einer dreidimensionalen Welt. Genauso ist es, wenn man unter den übelkeitserregenden Wellenschlag der Zeit taucht und die Oberflächlichkeit der unermüdlichen Winde täglicher Mühsal vergisst. Klingt das zu pompös? Es ist ihr egal, wie es klingt, weil es so ist. In letzter Zeit hat sie immer weniger Lust, aus Furcht, einen möglicherweise falschen Eindruck zu erwecken, Dinge anders zu sagen, als sie sind, und darauf ist sie stolz. Besser spät als nie.

Sie liebt es zu schwimmen. Ihren ersten Kuss hat sie unter Wasser bekommen, vor langer Zeit, in Monterosso, und bis heute erinnert sie sich daran, wie klar das Meer war und wie tief. Der einzige Grund, warum sie damals nach Luft schnappend aus dem Wasser wieder auftauchte, war die fantasielose Praxis, die sie zum einen ohne Kiemen und zum anderen mit Eltern ausgestattet hatte, die nicht verstanden, dass Ferien dazu da waren, ewig zu dauern. Und in derselben fantasielosen Praxis bewegt sie sich bis heute. Sie vermisst die Tiefe des Meeres, aber Rob schwimmt nicht gern. Er liest Sachbücher, wenn er überhaupt liest, weil er, obgleich er über massenhaft Zeit verfügt, keine Minute davon vergeuden möchte. Außerdem hält er Gefühle für nutzlos, wenn man in der gleichen Zeit Meinungen haben kann. Sie fahren nur selten in Urlaub, weil sie früher so viel reisen mussten, was Rob für ein schlagendes Argument und einen ausreichenden Grund hält, die Angelegenheit damit für erledigt zu betrachten.

Es ist ihr egal, ob eine Geschichte ein gutes oder ein schlechtes Ende nimmt, Hauptsache, sie ist stimmig. Ein offenes Ende, bei dem das ganze Gedöns von Handlungen und Überlegungen, Ereignissen und Konsequenzen, Eigenschaften und Entwicklungen auf nichts hinausläuft, irritiert sie. Das kennt sie aus der Praxis zur Genüge. Durch Geschichten erhält sie Zugriff auf das sogenannte wahre Leben mit sämtlichen unglaubwürdigen Wendungen des Plots, und statt einer wirklichkeitsgetreuen Kopie der sinnlosen Wirklichkeit (»als konform betrachtet«, hieß das auf der Botschaft) ersehnt sie sich die kluge Alternative eines Lebens mit Stil, dargestellt durch einen vieldeutigen Spannungsbogen, der eine klare Richtung vorgibt, zur Not auch auf einen Abgrund zu. Realität ist form- und bedeutungslos. Um zu verstehen, was es heißt, in dieser Welt Mensch zu sein, muss man sich also in Erzählungen hineinversetzen, die dem Chaos Sinn und Form verleihen. Die Natur erschafft nur Körper, erst Geschichten machen aus diesen Körpern Menschen.

Carmen begreift, dass ihr Lesen eine Art Eskapismus ist, oder besser gesagt, so etwas wie eine Kompensation. Sie lebt die erfundenen Leben ihrer fiktiven Personen und klammert sich an deren Geschichten wie ein Verbannter an lieb gewonnene Erinnerungen, was für sie nicht annähernd so dramatisch ist, wie es klingt.

3

Seit Robs vorzeitiger Pensionierung wohnen sie in einer komfortablen Wohnung in der attraktiven, mittelgroßen niederländischen Gemeinde L*** mit Delikatessenläden um die Ecke. Sie haben jemanden, der sich um den Garten kümmert. Carmen arbeitet einige Stunden pro Woche in der Öffentlichen Bibliothek der eben erwähnten Gemeinde L***, wo sie die Kulturveranstaltungen organisiert, Förderanträge stellt, Schriftsteller und Schriftstellerinnen zu Lesungen einlädt und diese am Veranstaltungsabend mit einer Tasse Kaffee empfängt und betreut. Immer wieder versucht sie, Überraschungen zu kreieren, indem sie Autoren und Autorinnen mit lokalen Musikern auftreten lässt, was mal besser und mal schlechter gelingt. Die Vorlese-Vormittage für die Kinder aber sind ein voller Erfolg, sie bekommt manchmal rührende Reaktionen von den Kindern. Ihre an jedem zweiten Mittwoch des Monats stattfindende inklusive Lesereihe von Debütautoren und -autorinnen wird immer besser besucht, worauf sie durchaus stolz ist. Während der Niederländischen Buchwoche und der

Kinderbuchwoche hat sie natürlich besonders viel zu tun. Sie arbeitet ehrenamtlich, wodurch sie mehr Freiheit hat. Kultur ist wichtig. Um denen zuvorzukommen, die sie als Bücher-Mama titulieren wollen, hat sie sich gleich selbst so genannt, mit einem Augenzwinkern: Sie ist keine Mama.

Sie haben es probiert, wie man so schön sagt. Nach der Heirat war es für Carmen und Rob das Naheliegendste, dass auch Kinder kämen. Carmen hatte damals noch ihren Amsterdamer Buchladen, den sie während ihres Niederländischstudiums mit ihrer Kommilitonin Vera eröffnet hatte und der deshalb zunächst Cave hieß, mit einem Hund im Logo, später jedoch, weil sowieso alle den Namen wie das englische Wort für Grotte aussprachen, zu »The Cave« umgetauft wurde. Die Buchhandlung war auf feministische Literatur spezialisiert. Nachdem Vera sich hatte ausbezahlen lassen, führte Carmen »The Cave« unter Beibehaltung des Namens noch eine Zeit lang allein weiter. Keiner verstand die Sache mit dem Hund, geschweige dass sich jemand tiefere Gedanken über das Logo machte. Obwohl sie die Bücher las, die sie verkaufte, oder besser gesagt, die Bücher verkaufte, die sie las, und obwohl sie sich ohne Vorbehalt als überzeugte Feministin bezeichnen würde, vor allem damals, fand sie das abscheuliche patriarchalische Konzept der Familiengründung auf altmodische Art irgendwie auch romantisch. Sie kannte die Theorie, aber was für ein Leben wäre es, wenn man alles nur auf sich bezöge, und außerdem hätte sie dann Rob erst gar nicht heiraten dürfen, was sie aufrichtig bedauert hätte. Früher jedenfalls, denn er sah aus wie die männlichen Filmstars, deren Poster sie sich an die Wand gepinnt haben würde, wenn sie keine Feministin gewesen wäre.

Eigentlich hätte sie gerne Kinder gehabt. Der Hausarzt überwies sie an einen Spezialisten, der unterschiedliche Optionen mit ihnen durchsprach, doch kurze Zeit später wurde Rob im Außenministerium angenommen, und weil ihm somit eine Karriere bevorstand, die ihn zu ständig wechselnden exotischen Standorten bringen würde, erschien ihnen die Kinderlosigkeit plötzlich als ein Vorteil, zumindest jedoch als Lösung eines Problems, bevor es sich gestellt hatte. Carmen verkaufte »The Cave«, wodurch sie das wenige, aber Liebgewordene, das sie sich selbst aufgebaut hatte, der Karriere ihres Mannes opferte. Sie hat es nie bereut, und an Tagen, an denen sie es doch tat, sagte sie sich, dass sie sich nicht beklagen dürfe, denn sie habe ja genau gewusst, worauf sie sich einließ. Sie war kein naives Opfer kultureller Konventionen, sondern hatte sich, obwohl durchdrungen von feministischem Bewusstsein und Idealen, aus freien Stücken dazu entschieden, ihrem gut aussehenden Gatten ins Ausland zu folgen.

Wenn Carmen an diese Zeit zurückdenkt, überrascht es sie, wie leichtfertig und lebenslustig sie damals gewesen sein muss. In gewissem Sinne liebt sie Rob noch immer, doch sie erinnert sich auch daran, wie sehr sie einst an ihn geglaubt hat und wie erfüllt sie war vom fröhlichen Optimismus, der sie vorbehaltlos davon ausgehen ließ, dass sie für gemeinsame Abenteuer bestimmt seien. Die Vorstellung, in ihren besten Lebensjahren mit Rob die Welt zu bereisen, und das im Auftrag des diplomatischen Dienstes des Königreichs der Niederlande, fand sie aufregend. Hinter solch hochgestellten Erwartungen musste jede Realität zwangsläufig zurückbleiben, was diese jedoch auch tat angesichts der Aussichten, die in jener Zeit als realistisch galten. Inzwischen kann Carmens Gatte in der Ruhe seiner Frühpension auf eine enttäuschende Karriere zurückblicken und Carmen auf ungezählte Tennispartien mit anderen Botschaftergattinnen und auf die Entdeckung des Sherrys. Wo sie auch war, versuchte sie sich zu engagieren, für streunende Katzen etwa oder als Schatzmeisterin für den örtlichen Aquarellierklub, doch wer alle fünf Jahre umziehen und jedes Mal von vorn anfangen muss, um in den mit niederländischen Steuergeldern möglichst nüchtern eingerichteten Dienstwohnungen, in denen sich die Zeit auftürmte, einen Funken fiktiver der Sinnhaftigkeit zu entzünden, kommt früher oder später zum Schluss, dass jede Mühe, die ein Mensch sich machen kann, per definitionem vergeblich ist. Sie war selbst eine streunende Katze. Ihr Leben war zwar koloriert, aber nur mit Wasserfarbe. Die Zeit in Amsterdam verwandelte sich für sie mit rückwirkender Kraft in den Mythos ihrer wilden Jahre.

Nach Rom oder Paris wurde Rob übrigens nie geschickt. Man sandte ihn von einem unromantischen Standort zum nächsten, als gäbe es im Den Haager Außenministerium jemanden, der eigens dafür angestellt war, alle Illusionen Carmens platzen zu lassen.

Nachdem Rob zum zweiten Mann in Cotonou aufgestiegen war, hoffte er insgeheim, danach endlich einen

Posten als Botschafter zu erhalten. Als er dann aber auch in Wellington nur zweiter Mann wurde, hielt er mit seiner Hoffnung nicht mehr hinter dem Berg, und nach weiteren fünf Jahren als zweiter Mann in Lima nahm er seinen ganzen Mut zusammen und bat nachdrücklich um eine Beförderung. Man gab ihm zu verstehen, dass ein Botschafterposten nicht mehr, wie noch vor einiger Zeit, ein Automatismus war, sondern dass man inzwischen auch die Qualifikationen berücksichtige, wodurch sich in seinem Fall, in Anbetracht der Beurteilungen seiner Evaluierungsgespräche, eine Beförderung von selbst erledige. Zu mehr als zum zweiten Mann werde er es nie bringen, aber man habe vollstes Verständnis, wenn er darauf bestünde, dass ihm ein verfrühtes Aufhören ermöglicht werde. Obwohl Carmen es bis heute für eine Blamage hält, dass die Karriere ihres Mannes nicht aufgrund eines Skandals, wegen mangelnder Integrität, gefälschter Spesenrechnungen oder einer Affäre mit einer Escortdame, die in Wahrheit eine Spionin war, scheiterte, und obwohl sie sich dafür schämt, dass das Ende seines Traums zurückzuführen ist auf einen banalen Mangel an Kompetenz, war sie erleichtert, als das Abenteuer zu Ende war. Sie ist keine Schriftstellerin, doch wäre sie es, hätte sie ein Buch mit dem Titel *Der zweite Mann* geschrieben. Aber eigentlich wäre das Buch überflüssig, wo doch der Titel schon die ganze Tragik erschöpfend zum Ausdruck bringt.

Rob war ihr erster Mann. Selbstverständlich hatte sie in Amsterdam gelebt und so manchen hoffnungshegenden Kommilitonen hechelnd hinter sich die Treppe hinaufsteigen lassen, aber Rob war der Erste, für den sie etwas empfand, ihre große Unterwasserliebe in Monterosso mal ausgenommen. Die darf sie nicht mitzählen, denn damals war sie erst sechzehn, und außerdem: Was war damals eigentlich Nennenswertes passiert? Sie weiß ja nicht einmal mehr, wie er hieß. Das ist gelogen. Sie weiß noch sehr gut, dass er Antonio hieß. Das hatte aber gar nichts zu bedeuten, denn so heißen in Italien alle. Na gut, genau genommen ist Rob ihr zweiter Mann. Das macht die Geschichte ohnehin runder.

Im Grunde hätte Carmen gerne Kinder gehabt. Wenn wirklich etwas dran ist an der viel beschworenen Magie der Elternschaft, die die Langeweile und Sinnlosigkeit wie durch einen Zauberstab in bedingungslose Selbstverleugnung und wunderbare, lebenslange Sorge verwandelt, dann wären ihr die Jahre der Leere erspart geblieben, die sie bis heute dünnhäutig und leicht erschütterbar machen und die Ursache dafür sind, dass sie sich in letzter Zeit immer häufiger unmögliche Fragen stellt.

Eine ihrer Freundinnen aus dem Lesekreis erklärte einmal, in ihrer Jugend nur ihr eigenes Leben gelebt zu haben, wie das fast jeder Mensch tue, doch seit sie Kinder habe, lebe sie deren Leben mit, als wäre es das eigene. »Das empfinde ich wirklich so«, sagte sie. »Ich lebe das Leben meiner Kinder.« Carmen sagte sich, dass es für sie nur ein geringes Opfer wäre, wenn sie ihr einzigartiges und einmaliges Leben gegen ein x-beliebiges anderes Leben eintauschen müsste. Für sie wäre das *die* Lösung. Deshalb liest sie auch so gern, denn Bücher bewahren sie vor der deprimierenden Einschränkung, von der Wiege bis zum Grab nur ein einziges Menschenleben leben zu dürfen. Doch oft steht am Ende ihrer Argumentation auch der Beweis, dass ihre Kinderlosigkeit vielleicht so schlecht gar nicht sei, denn die Verwegenheit, ein menschliches Leben in die Welt zu setzen, um eine persönliche Leere zu füllen, zeuge von erbärmlichem Egoismus, der zuletzt dadurch zu billigen sei, dass Millionen Menschen exakt aus diesen egoistischen Motiven handeln.

4

Die Buchwoche kostete Carmen monatelange Vorbereitungen, wobei es ihr gelang, mit den letztendlich sehr beschränkt zur Verfügung stehenden Mitteln ein Programm zusammenzustellen, das durchaus ehrgeizig genannt zu werden verdient, vor allem für die Öffentliche Bibliothek einer mittelgroßen Stadt wie L***. Ein persönlicher Höhepunkt war, dass Ilja Leonard Pfeijffer zusagte, eine Lesung zu halten, was übrigens noch verdienstvoller ist, als es klingt, da er extra aus Italien anreisen musste, wie sein Manager wiederholt betonte, um danach die Erstattung der Reisekosten zu einer Bedingung zu machen, obwohl Carmen wusste, dass der Autor während der ganzen Buchwoche ohnehin im Lande war. Man fand einen Kompromiss, doch dann sprach der Manager sein Veto gegen eine überraschende Kombination mit einem lokalen Musiker aus, den Carmen im Auge hatte. Das widerliche Gefühl beschlich sie, der Autor sei sich zu fein für eine mittelgroße Gemeinde wie L***, aber sie wusste inzwischen, dass man als Eventmanagerin im Kulturbereich nun einmal selten mit bescheidenen Menschen zu tun hat und dass die Kunst darin besteht, für alles ein Verständnis vorzutäuschen. Außerdem behauptet sie ja dauernd, dass gerade der Umgang mit markanten Persönlichkeiten ihre Arbeit so spannend mache.

Dass sie sich bis an die Grenze ihrer Belastbarkeit eingesetzt hat, um Pfeijffer unter Vertrag zu bekommen, obwohl das in ihrem Umfeld nicht überall auf Verständnis stieß, und sich wirklich auf sein Kommen freute, liegt nur zum Teil an Pfeijffers literarischer Reputation. Natürlich ist er gerade enorm en vogue, aber Carmen könnte problemlos die Namen von fünf oder zehn anderen niederländischen Autoren aufzählen, die sie für bessere Schriftsteller hält, worunter sie versteht, dass sie weniger ostentativ seien. *Grand Hotel Europa* hat sie mit großem Vergnügen gelesen, ein wunderbares Buch, von den Sexszenen mal abgesehen. Pfeijffers übrige Bücher gefallen ihr weniger, ausgenommen die Autobiografie vielleicht, die ihre Freundinnen vom Lesekreis nicht bis zum Ende durchgelesen haben und die sie selbst ziemlich gewagt findet. Zwar ist *Grand Hotel Europa* ein gutes Beispiel dafür, wie Dickleibigkeit und Eitelkeit auf überraschende Weise zusammenfinden können – was übrigens auch auf den Autor selbst zutrifft –, doch weiß sie Ehrlichkeit zu schätzen und hat eine Schwäche für das Werk. Die wahre Ursache für ihre Erregung am Vorabend des besagten Abends in der Buchwoche war jedoch, dass sie den Autor persönlich kennt. Vielleicht spräche sie korrekter im Perfekt über diese Verbindung, denn der Zeitraum, in dem sie ihn so gut wie täglich sah, liegt in einer von der Patina der Geschichte überzogenen Vergangenheit. Damals hieß er einfach nur Ilja ohne den Rattenschwanz an Namen. Sechs Jahre lang besuchten sie gemeinsam die unteren Jahrgangsstufen der Petrusschool im Neubaugebiet von R***, wo sie beide geboren wurden und aufgewachsen sind.

Verärgert steht sie vor dem Kleiderschrank und ärgert sich darüber, dass sie sich ärgert. Warum ist sie, um Himmels willen, immer wieder so, wie sie ist? An anderen Abenden macht sie sich doch auch nicht so viele Gedanken? Warum muss sie ausgerechnet heute zur unausweichlichen Entdeckung und unwiderlegbaren Schlussfolgerung kommen, dass sie nichts zum Anziehen hat? Sie reißt sich zusammen und zieht ein dunkelblaues Jackenkleid aus dem Schrank, wobei sie sich sogleich daran erinnert, wie alt es ist. Als blätterte sie in einem Buch, das sie eigentlich nicht mag, durchsucht sie den Kleiderschrank nach einer Alternative. Ihre ganzen Kleider sind alt. Sie machen sie alt. Sie hält sich ihr mintgrünes Cocktailkleid vor den Körper. Wann hat sie es zum letzten Mal getragen? In Cotonou, Wellington oder Lima? Sie kann die Städte nicht einmal mehr auseinanderhalten, geschweige denn sich an die einzelnen Cocktailpartys erinnern, die sie gegeben oder besucht hat. Die Tennisplätze sehen allerorten gleich aus, und allerorten scharwenzelten dieselben diplomatisch lächelnden Gesichter wie summende Insekten um sie und den zuckersüßen Sherry herum. Sie lehnt sich gegen die Tür des Kleiderschranks. Etwas Praktisches. Oder etwas Schlichtes, eine Jeans, ein Blazer, eine geblümte Seidenbluse und flache

Schuhe, aber welche? Als sie sich einzureden versucht, sie vermöge durchaus noch enge Hosen zu tragen, lacht ihr Spiegelbild laut auf und schüttelt den Kopf. Dann halt doch hohe Absätze. Aber damit sähe sie aus, als ginge sie zur Oper und hätte mittlerweile auch das richtige Alter dafür erreicht. Es ist schon spät. Sie muss los. Sie schnappt sich das dunkelblaue Jackenkleid vom Boden, begnügt sich mit einer fleischfarbenen Strumpfhose und schlüpft seufzend in ihre beigen Kitten-Heels-Pumps, die ihr sonst immer was Frisches und Gepflegtes verleihen, ihr heute aber noch banaler vorkommen als ihr beigefarbenes Leben.

Das Wichtigste, was Rob ihr beigebracht hat, ist, tunlichst jeden Anschein eines Interessenkonflikts zu vermeiden, also hat sie niemandem gesagt, dass sie mit Pfeijffer in dieselbe Klasse gegangen ist. Noch weniger hat sie weitererzählt – nicht mal Rob, der sich übrigens dafür kaum interessieren dürfte –, dass Pfeijffer über sie geschrieben hat. Ungelogen. In seinem autobiografischen Buch *Brieven uit Genua* (Briefe aus Genua) schreibt er über seine Kindheit und Jugend im Neubaugebiet von R*** und über das sprichwörtlich schönste Mädchen der Klasse, in das alle Jungs verliebt gewesen seien und er von allen Jungs am meisten. Zwar hat er ihren Namen verändert, weshalb die Freundinnen vom Lesekreis sie, wenn sie bis zur entsprechenden Passage gekommen wären, auch niemals erkannt hätten, aber sie ist es tatsächlich. Er erwähnt nämlich den Jacob-Hamelink-Weg, die Straße, in der ihr Elternhaus stand. Auch die Beschreibung ihres damaligen Äußeren, obgleich ziemlich poetisiert, lässt daran keinen Zweifel. Ihr Lieblingssatz aus der Passage lautet: »Durch sie bekam der Schwimmunterricht einen Sinn.«

Als sie den Satz mehrmals hintereinander laut vor sich hin spricht, vermengt sich das Chlorwasser des städtischen Schwimmbads von R***, wo sie offenbar, ohne dessen auch nur einen Moment gewahr zu sein, auf wenig feministisch zu nennende Weise den Anlass für das spillrige und schüchterne Zittern eines blassen Klassenkameraden bildete, den sie sonst kaum eines Blickes würdigte, mit dem postkartenblauen Wasser des Mittelmeers, in welchem sie hilflos zappelnd ohne Schwimmhilfe nach Luft schnappt, weil sie irgendwann einmal schwimmen gelernt hat. Einer Welle gleich, die die nächste Welle hinter sich herschleift, spürt sie, wie die süffisante Erregung angesichts des Gedankens, vor einem Menschenleben begehrt gewesen zu sein, das längst versunkene Konzept des Verlangens an die Oberfläche zerrt und die Haltetrossen löst, womit sie die Erinnerung an tiefes und brodelndes Begehren gewissenhaft in ihrem Gedächtnis versenkt hat. Als Reaktion darauf fängt sie an, ihre Gedanken in Worte zu fassen, die der stilistischen Springflut eines Ilja Leonard Pfeijffers in nichts nachstehen und eigentlich nur zum Ausdruck bringen sollen, dass sie es liebt zu schwimmen und ihr sogar der Schwimmunterricht offensichtlich Spaß gemacht hat.

Nachdem sie noch rasch einen Parkausweis für die Chauffeurin organisiert hat, heißt sie den Schriftsteller im Foyer der Bibliothek willkommen. Er ist in vollem

Ornat: dunkler Nadelstreifenanzug, glänzende Manschettenknöpfe, barocke Fingerringe, eine zu den Strümpfen passende Krawatte inklusive Krawattennadel mit falscher Perle. Er sieht aus wie der Direktor eines Autoscooter-Fahrgeschäfts auf dem Rummelplatz. Ihr sei durchaus bewusst, sagt sie zu ihm, dass er einiges gewöhnt sein müsse, doch weise sie ihn in aller Bescheidenheit darauf hin, dass sich für eine mittelgroße Gemeinde wie L*** eine als außerordentlich zu bezeichnende Zuhörerschaft eingefunden habe, worauf sie recht stolz sei. Man habe zusätzlich Stühle aus den Lesesälen herbeischaffen müssen. Er lauscht ihren Ausführungen mit gelassenem, professionellem Wohlwollen und Augen, die blicklos über sie hinwegstreifen wie bei einem erfahrenen Theaterschauspieler, welcher, das Rampenlicht ignorierend, mit jeder einzelnen Person in der Dunkelheit, wo er das Publikum vermutet, einen persönlichen Kontakt zu knüpfen scheint und mit seinen Gedanken bereits beim Applaus ist. Sie bietet ihm eine Tasse Kaffee an. Er erkundigt sich, ob sie auch einen Espresso habe. Sie antwortet, dass der Filterkaffee gerade frisch aufgebrüht worden sei. Er lehnt dankend ab.

Natürlich hat Carmen keine Sekunde, ja nicht mal den Bruchteil einer Sekunde lang auch nur das leiseste Fitzelchen Hoffnung gehegt, ihr jetziges Aussehen könne das Verlangen des zitternden, spilligen Jungen wiederbeleben, den sich dieser große Mann einverleibt hat, nein, wirklich nicht, sie schwört es, daran habe sie keinen Augenblick gedacht. Dieser Mann bewegt sich inzwischen in ganz anderen Sphären, lebt mit einem Star an seiner Seite und schreibt außerdem selbst unmittelbar nach der poetischen Passage, die von ihr und dem Schwimmunterricht handelt: »Sollte ich diese Briefe jemals veröffentlichen, wäre es wohl besser, ihren Namen wegzulassen, denn sonst meldet sich eines Tages auf Facebook eine selbstherrliche Frau meines Alters und mit der dritten Bandscheibenoperation hinter sich, und teilt mir mit, sie habe überlegt, ob sie sich das Fett absaugen lasse, fühle sich aber nach drei schweren Geburten als Frau dann doch ein wenig zu alt dafür und habe mich nie vergessen.« Carmen musste laut lachen, als sie diesen Satz las. Er hatte ja keine Ahnung!

Seine Lesungen sind außergewöhnlich, weil er unbeirrbar und erfolgssicher sämtliche an ihn gestellten Erwartungen erfüllt. Mit gespielter Bescheidenheit und einigen meisterhaft getimten selbstironischen Ergüssen camoufliert er seine hyperbewusste Selbstvermarktung. Er weiß genau, was er tut, und spricht, wie er schreibt. Mühelos improvisiert er archaische Bandwurmsätze. Seine mit Liebe und Hingabe verräucherte Stimme füllt den multifunktionalen Veranstaltungssaal der Öffentlichen Bibliothek von L*** wie Daunen ein Kissen. Carmen findet ihn alles andere als attraktiv, doch diese Stimme kommt ihr vor wie eine sichere, breite Schulter, auf der sie ihr Haupt betten kann. Am meisten aber bewundert sie seine Professionalität. Um sich für die Lesung vorzubereiten, hat sich Carmen einige Radio- und Fernsehinterviews mit ihm angehört und angesehen, und sie hat höchsten Respekt davor, wie er in fast allen Interviews wortwörtlich dasselbe sagt und dennoch den

Eindruck vermittelt, er kleide jeden dieser Gedanken für das Publikum des Abends zum ersten Mal in Worte.

Im Zusammenhang mit einigen Auslassungen über das zweischneidige Schwert des Massentourismus kommt er auf Monterosso zu sprechen. Während er beschreibt, wie sehr sich das ehemalige Fischerdörfchen gewandelt hat, lenkt Carmen ihre Gedanken bewusst weg von der verführerischen Stimme, um ihre zarten Erinnerungen vor der Banalität des Fortschritts, des freien Markts und der Zeit zu bewahren, die sich nicht davon abbringen lässt zu verstreichen.

Antonio glänzte wie eine Bronzestatue auf dem Sockel, als er aus dem Meeresschaum auf den hohen Felsen kletterte, auf sie herabblickte und ihr ein weiteres Mal seinen gewagtesten Kopfsprung zeigte. Er suchte Kieselsteine in der Farbe ihrer Augen und schenkte sie ihr. Die kleine Stadt flirrte vor Hitze. Hinter den geschlossenen Fensterläden träumte man unter den Deckenventilatoren auch am Tage. Zeit existierte damals für sie nicht, nur für ihre Eltern, die aus unerklärlichen Gründen die Tage gezählt hatten und irgendwann feststellten, dass die Ferien vorüber waren. Sie versprach Antonio wiederzukommen, doch die Eltern entschieden sich im folgenden Jahr für ein anderes Urlaubsziel, und danach war ihr widerfahren, was jedem widerfährt, der eherne Eide schwört: Ihr widerfuhr das Leben.

Sie kehrt zurück in die Gegenwart. Der Autor spricht noch immer über Monterosso und erlaubt sich gerade eine unterhaltsame Diatribe über die überfüllten Züge von Genua nach Cinque Terre, über die Nordic-Walking-Stöcke und die von ihm beobachteten peinlichen Szenen auf der Fähre zwischen Genua und Portovenere, die auch in Monterosso anlegt. Das Publikum lacht. Carmen ist schockiert, als ihr klar wird, dass Monterosso keine verzauberte, nur in ihrer Erinnerung bestehende Jenseitsvergangenheit mehr ist, sondern ein real existierender, stinknormaler Ort mit Ankunfts- und Abfahrtszeiten für die Fähre. Obwohl sie mit Fug und Recht eine Frau von Welt genannt werden kann, die auf allen sechs Kontinenten Tennisbälle in Netze geschmettert hat, sich vor einer vollen Flasche Sherry nicht fürchtet und der man ungestraft eine gewisse Fertigkeit im Reisen zuschreiben darf, ist ihr niemals der Gedanke gekommen, dass jeder, der das will, nach Monterosso reisen kann, um dort den Schauplatz ihrer ersten Liebe mit lächerlicher Arglosigkeit und stinkenden Turnschuhen zu entweihen. Diese evidente Möglichkeit hat sie bisher erfolgreich verdrängt, und sie wünscht sich nun, sie könnte es noch immer.

Jemand aus dem Publikum fragt den Autor, ob er seine Bücher mit der Hand oder dem Computer schreibe. Carmen schämt sich. In einem Interview, das sie sich angesehen hat, machte er sich kopfschüttelnd darüber lustig, dass ihm diese Frage bei jeder Lesung immer als erste gestellt wird. Da biete man die ganze Bandbreite seines Talents auf, opfere Sitzfleisch und die besten Jahre seines Lebens, um die Leser mit einer Geschichte mitzureißen, die deren Leben endlich einen Sinn verleihen würde, und das Einzige, was sie interessiert, sei die Hardware. Statt durch Magie zu anderen Menschen zu werden, wollen sie lieber im Zauberkasten schnüffeln. Die Welt möchte betrogen werden, mit der Bedingung, dass dabei haarklein erklärt werde, wie. Und wenn die Toten einst am jüngsten Tage auferstehen werden, dann verlangen sie als Erstes, dass man sie in die *special effects* einweihe. Kaum jemand bringe dem Unerklärlichen noch Bewunderung entgegen; toll finde man etwas erst, nachdem man in Erfahrung gebracht habe, wie es gemacht ist. Einer Sache Beifall zu zollen sei man nur bereit, nachdem man sich Aufschluss darüber verschafft habe, die Sache theoretisch auch selbst zu können, vorausgesetzt, man habe gerade nichts Besseres zu tun.

Carmen will nie wissen, wie ein Film gemacht ist. Sie kennt auch keine Namen von berühmten Schauspielern und Schauspielerinnen, weil sie in ihnen nicht Akteure sieht, sondern Personen, an die sie glauben möchte. Wenn sie liest, versucht sie, sich in den Büchern das Leben abzuschauen und nicht die Tricks eines manipulativen Schriftstellers oder einer Schriftstellerin, aber vielleicht haben ja Menschen, die bereits ein Leben besitzen, dazu weniger das Bedürfnis.

Auch die restlichen Fragen, die gestellt werden, ärgern Carmen, und obwohl der Autor diese liebenswürdig und charmant beantwortet, schämt sie sich fremd, als sie sich vorstellt, welchen Eindruck ihre Öffentliche Bibliothek, ihr Publikum, ihr Ambiente und ihr Habitat bei ihm wohl hinterlassen werden. War Rob als zweiter Mann ewiger Stellvertreter, so durchleidet Carmen nun stellvertretend Gefühle. Sie führt ein stellvertretendes Leben, denkt sie und lächelt über die hübsche Formulierung, die ihr zur Umschreibung ihrer trübsinnigen Feststellung so ganz nebenbei eingefallen ist.

Als Antwort auf eine Frage, die sie nicht gehört hat, die aber zweifellos banal gewesen sein muss, spricht der Autor über seine Figuren. Mit einem Lächeln erklärt er, dass es eine Illusion sei zu glauben, er als Autor entscheide, wie seine Figuren seien oder handeln. Manchmal geraten diese außer Kontrolle, erklärt er. Er mag zwar derjenige sein, der ihnen Leben einhaucht, aber danach gehen sie eigene Wege. Auch das hat Carmen vorher schon ein paarmal gehört und weiß noch immer nicht, ob es ernst gemeint ist oder nicht. Sie fände es durchaus reizvoll, in der Kulisse eines richtigen Romans abgeworfen zu werden, um dann endlich ihrer eigenen Wege gehen zu dürfen.

Als Organisatorin wartet sie artig, bis sich die Menschenschlange aufgelöst hat, bevor sie ihm ihr eigenes Exemplar von *Brieven uit Genua* zum Signieren vorlegt.

»Für wen ist die Widmung?«

»Für Carmen«, sagt Carmen. Sie bemüht sich, ihren Vornamen so bedeutungsschwanger wie möglich auszusprechen. »Es ist für mich selbst.«

»Ich fühle mich geehrt«, antwortet er. »Das Buch sieht tatsächlich gelesen aus.«

»Das Buch hat einen besonderen Wert für mich«, erklärt Carmen. Er bedankt sich routiniert und vollendet schwungvoll die Kringel seines barocken Namenszugs. Er schiebt den Stift in die Innentasche, zieht den Ring vom kleinen Finger der linken Hand, steckt ihn an die

Schreibhand, steht auf und knöpft sich sein Jackett zu. Sie fragt ihn, ob sie ihm noch etwas anbieten könne, aber seine Chauffeurin wartet bereits. Carmen begleitet ihn zum Ausgang, und mit Floskeln gegenseitigen Danks verabschieden sie sich.

Er hat sie nicht erkannt. Sie ist nicht mehr das schönste Mädchen der Klasse.

5

Die blaue Embraer 190 der KLM landet auf dem internationalen Flughafen Cristoforo Colombo in Genua. Carmen hat kaum Gepäck, weil sie im Internet gesehen hat, dass es in Italien schon Frühling ist; außerdem bleibt sie ja nur eine Woche. Sie hat nur ein einziges Buch bei sich. Triumphierend geht sie mit dem kleinen Rollkoffer an der Gepäckausgabe vorbei. Überall hängen Plakate, die vor dem neuen Virus warnen. Es ist ein bescheidener, kleiner Flughafen. Im Nu steht sie draußen. Sie nimmt sich ein Taxi zum Bahnhof Brignole, wo in zwei Stunden ihr Zug nach Cinque Terre abfahren wird. Sich Genua anzuschauen hat sie keine Lust.

Sie ist zu früh, weiß das Problem aber rasch zu lösen. Nachdem sie routiniert einen Seitenblick auf die große Anzeigetafel geworfen hat, um zu prüfen, ob der zu Hause online gebuchte Zug tatsächlich fährt und es keine Verspätung gibt, sucht sie sich das sauberste Bahnhofscafé aus und stellt sich in die kurze Schlange vor der Kasse. Sie trägt ein Blümchenkleid mit beiger Weste, und obwohl sie sich für die Reise der Bequemlichkeit halber mit ihren flachen Bibliotheksschuhen begnügt hat, kommt sie sich schon jetzt vor, als sei sie mitten im Urlaub.

Die Aussicht auf einen echten Cappuccino und das unerwartete Glück, das Wort mit Schmackes einem italienischen Ober zurufen zu dürfen, hält sie davon ab, zu dieser Stunde bereits etwas Gehaltvolleres zu bestellen. Sie gönnt sich ein Schokoladenbrötchen dazu, denn vom Aberglauben an die kargen Theorien über die schlanke Linie ist sie längst abgefallen. Sie bezahlt und setzt sich mit ihrer Verzehrware an ein Tischchen.

Aus reiner Gewohnheit greift sie zum Telefon. Na toll! War ja nicht anders zu erwarten! Vorhin beim Anstehen ist ihr tatsächlich so gewesen, als hätte sie etwas gespürt, aber ihr Urlaub hat gerade erst angefangen, und da will sie nicht gleich paranoid sein. Trotzdem, die Handtasche ist offen und das Telefon weg. Obwohl sie weiß, dass es nutzlos ist, kontrolliert sie die Seitentaschen des Rollkoffers. Würde sie ihr Telefon jetzt dort finden, hätte der Dieb es hineinbefördert, denn sie steckt es nie dorthin, aber man kann ja nie wissen. Die überflüssige Handlung, ausschließlich der Sorgfalt verdankt, führt zum gleichen Ergebnis. Sie ist noch keine halbe Stunde in Italien, und schon ist ihr Handy gestohlen.

Sie bleibt für einen Moment reglos. Sie ist neugierig, was das Ereignis in ihr auslöst. Was ist sie doch für eine dämliche Kuh und als selbsterklärte Weltreisende eine Parodie ihrer selbst, wenn sie glaubt, in argloser Verkennung der naheliegendsten Gefahren im Sommerkleidchen durch fremde Länder flattern zu können, ohne sich in der ersten halben Stunde beklauen zu lassen, aber ihr erster Gedanke ist merkwürdigerweise ein anderer: In L*** erlebt man so was nicht! Sie hat in dieser ersten halben Stunde Italien mehr erlebt als in den letzten Jahren in den Niederlanden.

Und es kommt noch besser, denn zwei Carabinieri betreten das Bahnhofscafé und stellen sich für ihre Kaffeepause an die Bar. Carmen erhebt sich, geht zu den beiden, die müde den Blick heben, und erklärt ihnen in einem unidiomatischen, rudimentären Weltenglisch – diese Sprache hat sie in den vielen Ländern, in die Robs enttäuschende Karriere sie geführt hat, ausgezeichnet beherrschen gelernt – kurz und klar, was geschehen ist. Der eine Polizist stößt einen Seufzer aus, während der andere nachdenklich in der Kaffeetasse rührt. Carmen weist darauf hin, dass der Dieb nicht weit gekommen sein könne, da seit der Missetat höchstens zehn Minuten vergangen seien. Der nachdenkliche Polizist murmelt mit hörbarem Widerwillen einige italienischen Sätze, die er mit ausreichend englischen Wörtern spickt, mit deren Hilfe Carmen sich zusammenreimen kann, dass es Formulare gebe, die für die Versicherung von einem gewissen Nutzen sein könnten, und dass sie sich zu diesem Zweck auf die Wache begeben müsse. Ja aber, ihr Zug fahre gleich ab. Nun verschafft sich der andere Polizist mittels eines tiefen Seufzers Gehör und lässt sie wissen, sich der Tatsache durchaus bewusst zu sein, dass das hier nun mal ein Bahnhof sei, wo Züge die lästige Gewohnheit haben, anzukommen und wieder abzufahren, und dass er Menschen beherberge, die diese Züge aus berechtigten Gründen nicht verpassen wollen, und dass die Welt, von diesem allen abgesehen, unvollkommen und unfair sei. Carmens Antwort besteht nun ihrerseits aus einem Seufzer, der unzweideutig zum Ausdruck bringen soll, dass sie schon öfter in ihrem Leben enttäuscht worden sei, aber wider besseres Wissen weiterhin die Hoffnung hege, dass das Gute im Menschen obsiegen werde. Sie will es bei ihrem vieldeutigen Seufzer belassen und geschlagen den Rückzug antreten, als sie in der Ecke des Bahnhofcafés eine Überwachungskamera entdeckt. Mit der siegestrunkenen Geste von jemandem, der eine gewiss erscheinende Niederlage im letzten Moment in einen umjubelten Triumph zu verwandeln vermag, deutet sie auf das Gerät. Die Polizisten zeigen sich wenig beeindruckt. Die Kamera sei nicht angeschlossen, behaupten sie, womit die Angelegenheit zum Vorteil der beiden Polizisten entschieden ist.

Zumindest könnte sie nun eine Anekdote zum Besten geben, falls sie in einer Konversation einmal genötigt sein sollte, die gängigen Vorurteile gegen Italien zu bestätigen oder der Meinung beizupflichten, die heutige Gesellschaft sei doch nur noch ein großes Theater und halte Schein für wichtiger als Sein. Kaum hat der Zug die Stadt verlassen, fährt er schon an der Meeresküste entlang. Das Schauspiel überwältigt sie. Schein sinniert über das Sein der Welt, welches blau ist, die Farbe ihrer Seele, so blau, dass es vom Weltall aus gesehen sämtliche Farben der Erde beherrscht und vergessen macht. Inmitten der blauen Kulisse entdeckt sie die lila Blüten des Blauregens, der in L*** niemals so schamlos üppig blüht, selbst wenn er an der geschützten Südwand des Schuppens für die E-Bikes wächst, erkennt auch einige dreiste Kleckse der grellgelben Mimose und der hellrosafarbenen Magnolien, die aus der Ferne fast aussehen wie Kirschblüten auf einem japanischen Farbholzschnitt. Leichthändig umreißt die Frühlingssonne alles mit klaren, scharfen Konturen. Noch herrscht nicht der grelle Gleiß der Sommersonne, der goldfarben herabtropft wie geschmolzene Butter. Der Frühling hat mit frisch duftender Waschlauge Großputz gemacht, und die Welt sieht aus wie neu. Das trifft sich gut, denn genau so will Carmen sich fühlen.

Sie hatte Rob nicht angelogen. Mit ihrer gespielten Naivität, die manches erleichtert, weil sie ihrem Mann die Gelegenheit verschafft, sich selbst in ein ruhmreiches Licht zu setzen, weil er dadurch seine Lieblingsrolle des verantwortungsbewussten, vernünftigen und kopfschüttelnden Beschützers, der ihr einen Gefallen erweist, voll ausspielen kann, hatte sie den Wunsch geäußert, sich eine Woche irgendwo erholen zu wollen. Das stimmte übrigens, es war ein unumstößlicher Fakt. Und auch das von ihr als Grund vorgebrachte Motiv, sie sei erschöpft von der Buchwoche, die ja für sie in ihrer Funktion als Koordinatorin äußerst intensiv und anstrengend gewesen war, strafte die Wahrheit nicht gänzlich Lügen. Sie sah die Anspannung von Rob abfallen, als sie die Möglichkeit ins Spiel brachte, auch allein reisen zu können. Ihr gelang es, den Vorschlag so klingen zu lassen, als wäre er ihr aus reinem Altruismus eingegeben und vom Verständnis dafür gespeist, dass ihm seine frühere Karriere mitsamt des bitteren Nachgeschmacks, der ihm davon geblieben war, jegliche Lust am Reisen genommen hatte. Obwohl sie davor noch nie ohne ihn in Urlaub gefahren war, was dazu geführt hatte, dass sie seit seiner Frühpensionierung überhaupt nicht mehr in Urlaub war, äußerte sie ihren Wunsch mit einem so entwaffnend treuherzigen Blick, als handelte es sich dabei um die normalste Sache der Welt. Aber war es das nicht auch? Die Menschen machten ohnehin fast aus allem ein Problem. Was war schon eine Woche Monterosso im Vergleich zu sämtlichen Problemen, die man sonst noch haben könnte? Sie verschwieg jedoch, dass sie nach Monterosso wollte, weil ihr aufgegangen war, dass da eine Geschichte noch nicht zu Ende gebracht, ein Versprechen noch nicht eingelöst worden war. Sie hasste Geschichten mit offenem Ende. Rob müsste eigentlich wissen, was Monterosso für sie bedeutete. Vor langer Zeit, als sie noch in ihn verliebt gewesen war und wollte, dass er alles über sie wusste, hatte sie ihm vom Sommer mit Antonio erzählt. Sie sah an seinem Gesicht, dass er sich daran erinnerte. Trotzdem war er damit einverstanden, dass sie reiste. Er ist ein guter Mann.

Nur um Rob mitzuteilen, dass sie gut angekommen sei, bräuchte sie jetzt ein Telefon, für mehr nicht. Da sie aber ihre Festnetznummer auswendig weiß, kann sie ihn von jedem Telefon aus anrufen. Er ist ja sowieso immer zu Hause. Und in der Öffentlichen Bibliothek von L*** wird es in der nächsten Woche wohl kaum zu krisenhaften Situationen kommen. In ihrem Tätigkeitsbereich ist die Woche nach der Buchwoche immer eine ruhige

Woche. Jetzt, wo sie aus dem Zugfenster über das Mittelmeer blickend darüber nachdenkt, könnte sie dem Dieb auf dem Bahnhof von Brignole fast dankbar sein. Mit der Handy-Nabelschnur, die sie über die stets wachen Satelliten mit ihren Verantwortlichkeiten verbindet, ist ihr auch das letzte Quäntchen Schuldgefühl abhandengekommen.

Die Küste wird rauer. Der Zug fährt mitten durch die Felsen. In der Tunnelwand zur Meeresseite hin sind Arkadenöffnungen aus dem Stein gehauen, als wären es Fenster einer romanischen Kathedrale. Das Meer liegt jetzt tief unter ihr. Dunkel, ruhig und geheimnisvoll erwartet es sie im Schatten der Berge.

6

Carmen erkennt nichts wieder, ist aber trotzdem glücklich. Sie verlässt den ockergelben Bahnhof und durchquert einen Tunnel, wie Alice, die durch den Kaninchenbau fällt, dann geht sie an der Uferpromenade entlang Richtung Altstadt. Sie erblickt die schmalen Kieselstrände, auf denen ein paar Sonnenschirme und Liegestühle stehen, sogar jetzt im März, und fragt sich, ob es hier gewesen sein mag. Sie erinnert sich an Strände, weit und groß wie ihre Gefühle, aber was sie nun vor Augen hat, ist klein und puppenhaft wie ein Straßenrandpicknick oder Minivorgarten. Das muss nichts zu bedeuten haben, das weiß sie durchaus. Sie weiß auch um den Erfahrungsfakt, dass die größten Eindrücke eines Kindes sich in den Reifejahren zur Realität verschleifen.

Am Ende der Straße ragen Berge auf. Trotz ihrer Vielreiserei ist sie derart niederländisch geblieben, dass ihr bereits das niedrigste Höhenrelief Bewunderung abringt. Die Mischung aus Grau und Dunkelgrün – die Farben der Knochen der Welt und einer zähen, sich ein durstvolles Leben abringenden Vegetation – ergreift sie bis ins Mark, ohne zu wissen, warum. Sie möchte das Ganze lieber nicht als eine Metapher verstehen, denn das wäre jammerschade um die Farben. Zumal dann auch an sie die Aufgabe erginge, den vereinzelten gelben Tupfern auf den Felsen, die vermutlich auf so etwas wie Schlüsselblumen zurückzuführen sind, eine tiefere Bedeutung zuzuweisen. Ach, wäre doch wahr, dass die Welt voller Geheimnisse steckte. Dann verbärge sich hinter den Dingen Größeres, welches nur von den empfindsamsten und stillen Menschen erahnt werden könnte, und zwar auf eine Weise, die dem Wissen ziemlich gleichkäme, wodurch allerorts, sogar in Cotonou, Wellington und Lima und selbst in der attraktiven, mittelgroßen niederländischen Gemeinde L***, die Hoffnung gehegt hätte werden können, dort so etwas wie eine tiefere Bedeutung vorzufinden. Selbst eine Offenbarung, die zu offenbaren sich geweigert hätte, wäre ihr noch ein Trost gewesen. Viel hätte es ihr bedeutet, wenn sie hätte ahnen dürfen, dass es irgendwo weit außerhalb ihres direkten Umfelds aus Tennisplätzen und Sherryflaschen theoretisch etwas gab, das sie entdecken könnte, statt die Überzeugung zu hegen, ein Menschenleben sei nicht mehr als eine Partie Bolzfußball, die mit ihren Absichten, Fehlern und Augenblicken sterbenslangweilig vorhersagbar war, weil so ein Spiel dauernd damit endet, dass jemand gewinnt oder eben nicht. Tiefere Bedeutung entdeckt sie nur in jenen Büchern, in denen die Alchemie der Worte es vermag, das Pfuschwerk des Zufalls umzuschmelzen in eine schimmernde Kugel Notwendigkeit. Darin liegt das Geheimnis: dass man die Welt nicht braucht, um ihr Bedeutung abzuringen.

Merkwürdige Gedanken für jemanden, der zwölfhundert Kilometer gereist ist, um eine neue Wirklichkeit zu erschnuppern, doch weniger rätselhaft vielleicht für jemanden auf der Suche nach einer alten Wirklichkeit, die dadurch in Literatur verwandelt werden soll, dass sie durch die Einlösung eines Versprechens mit einem Ende versehen wird. So ungefähr. Aber an all das will sie im Moment noch nicht denken.

Zunächst muss sie Titi's B & B finden. Sie hat die kleine Pension online gebucht, weil diese den Fotos nach am ehesten ein authentisches Italien-Feeling versprach. Mit der Adresse, die ihr per E-Mail mitgeteilt wurde, und mit Google Maps wäre es leichter gewesen, da musste sie dem Dieb von Brignole recht geben. Sie durchquert eine Unterführung und gelangt auf einen sonnigen Platz, der den Eingang zur Altstadt bildet. Der Platz trägt den Namen Piazza Giuseppe Garibaldi, was sie einem Schild entnimmt, ohne dass ihr das wirklich weiterhilft. Wie es sich für Italien gehört, sitzt auf dem sonst fast menschenleeren Platz ein alter Mann auf einer Parkbank. Die von allen, doch vor allem von den Touristen selbst gefürchteten Touristenmassen sind nirgendwo zu sehen. Aber es ist ja noch früh im Jahr.

Sie geht auf den alten Mann zu, um ihn ganz altmodisch und analog nach dem Weg zu fragen. Zum Glück hat sie sich den Namen der Pension gemerkt. Er scheint sie zu kennen, denn er nickt, ohne ein Wort zu sagen. Er denkt nach.

»Die Tage werden länger«, sagt er schließlich, wenn Carmen ihn richtig versteht. Diese Tatsache kann und will sie nicht leugnen, sondern erwägt stattdessen, zum Zweck eines verwertbaren Endes der Konversation die Frage zu wiederholen. Der alte Mann kommt ihr zuvor und erklärt: »Hier hat man viel Zeit für Erinnerungen. Willkommen, junge Frau. Titi wohnt beim Brunnen.«
»Beim Brunnen?«
Er nickt mit dem Kopf zur schmalen Straße hin, die sich von einer Ecke des Platzes in die Stadt hineinschlängelt. Dann bricht er in ein Lachen aus, in das Carmen sogleich mit einstimmt, denn es amüsiert sie sehr, dass er sie »junge Frau« genannt hat. Alles ist relativ, vor allem das Alter, und aus der Perspektive dieses alten Mannes ist nahezu jede Frau ein junger Hüpfer, das weiß sie sehr wohl, trotzdem findet sie, dass der Urlaub prächtig beginnt. Sie findet schon jetzt Gefallen am Leben in Monterosso.
Die schmale Straße mit dem weltläufigen Namen Via Roma führt am Seitenschiff einer Kirche vorbei und bringt Carmen zu einem kleinen Platz mit einem Ahorn. Von dort aus könnte sie links abbiegen und zur Vorderseite der Kirche gelangen, doch sie entscheidet sich stattdessen dafür, rechts auf der Via Roma zu bleiben, wo sie an vielen malerischen Straßencafés vorbeikommt, von denen die meisten geschlossen sind, doch es ist früh im Jahr. Noch erkennt sie nichts aus ihrer Jugend wieder, aber die rosa-, orange- und ockerfarben verputzten Fassaden mit den dunkelgrünen Fensterläden geben ihr das Gefühl, dass alles so ist, wie es sein muss.

Vor ihr steht nun ein Stadttor und dahinter gleich ein zweites. Kurz vor dem zweiten Tor entdeckt sie bei der Enoteca Internazionale im Schatten zweier großer Bäume, eines Ahorns und einer Mispel, einen kleinen Marmorbrunnen in Form einer Muschel, über der sich ein böse dreinschauender Fisch windet. Ist es hier?

Sie sieht sich um. Auf der anderen Straßenseite, dem bösen Fisch gegenüber, führt eine Schiefertreppe zur Haustür eines rosafarbenen Hauses hinauf, neben dem ein kleineres Tor den Anfang zu einer weiteren Straße bildet. Geranien und Kletterpflanzen verschönern den Zugang. Sie erkennt den Anblick von den Bildern im Internet wieder. Und dann sieht sie auch schon das Namensschild.

»Willkommen, junge Frau«, sagt Carmen laut zu sich selbst.

7

Titis voller Name lautet Tiziana, und ihr B & B ist in der Realität nicht ganz so idyllisch wie auf den Fotos im Internet. Es ist, als sollten die ambitioniert fotografierten Meerblicke lediglich andeuten, dass die See nicht allzu weit entfernt liegt und in der unmittelbaren Umgebung des Etablissements bewundert werden kann. Im Gegenzug ist ihr Zimmer kleiner und gemütlicher als erwartet und mit einem Fenster zum Innenhof ausgestattet, wodurch, wie Carmen sich tröstet, im Zimmer zwar kein Sonnenlicht zu erwarten ist, es darin aber wenigstens angenehm kühl sein wird. Im Süden kann es ungemein heiß werden, auch im März.

Zufrieden packt sie ihre Sachen aus, hängt ihre Kleider und Jäckchen in den Ikea-Schrank und legt ihr Buch, das einzige, das sie dabeihat, auf den Nachttisch. Sie hat lange überlegt, welches Buch sich für ihren Urlaub am besten eignen würde, schließlich ist man »Bücher-Mama«, oder man ist es nicht, aber weil es keine Bücher gibt, die in Monterosso spielen, so wie es keine Bücher gibt, die von Leuten wie ihr handeln, hat sie sich für

Thomas Manns *Der Tod in Venedig* entschieden, einen Klassiker, den sie zu ihrer Schande noch nicht gelesen hat, obwohl ihr der Film ausnehmend gut gefällt.

»Das stimmt nicht«, sagt Tiziana später in der großen Küche, die Carmen mitbenutzen darf, während sie den Kaffeekocher auf den Herd stellt und einen italienischen Kuchen mit Kirschmarmelade aus dem Kühlschrank holt. Selbstverständlich duzen sie einander, denn in der Welt der privaten Zimmervermietung sind immer Ferien. »Italiens größter Dichter hat hier im Ort gewohnt, und sein berühmtestes Buch spielt in Monterosso.«

»Und warum kenne ich ihn dann nicht?«, fragt Carmen.

»Du kennst ihn ganz sicher. Sein Name ist Eugenio Montale. Hat den Nobelpreis gewonnen. Sein erster Gedichtband ist auch sein bester, *Ossi di seppia*. In den Gedichten kann man den Meereswind riechen, der von dem schroffen Berg dort herunterweht.«

Carmen ist freudig überrascht, dass ihre Wirtin das Interesse an der Literatur mit ihr teilt. Wer weiß, vielleicht werden sie ja Freundinnen. Sie will nach ihrem Telefon greifen, um nachzusehen, was »ossi di seppia« bedeutet, doch stattdessen erzählt sie Tiziana von ihrem Abenteuer auf dem Brignoler Bahnhof, und dann versuchen sie sich mit Unterstützung von Tizianas Telefon gemeinsam an einer Übersetzung und einigen sich auf »Tintenfischknochen«, auch »Sepiamuscheln« genannt.

Carmen gefällt dieser Titel, und sie nimmt sich vor, in der kommenden Woche, wenn sie wieder zu Hause in den Niederlanden sein wird, sich auf die Suche nach einer niederländischen Übersetzung des Gedichtbandes zu machen, denn eigentlich mag sie Gedichte.

Die Caffettiera sprudelt. Tiziana dreht das Gas aus, nimmt, weil der Griff der Kanne abgebrochen ist, einen Topflappen zur Hand und schenkt Kaffee in zwei winzig kleine Tässchen ein. Tiziana ist jünger als sie. Carmen schätzt sie auf ungefähr fünfundvierzig. Tiziana ist auf eine beneidenswerte, unbekümmerte Weise schön. So, wie man glücklich sein kann, indem man seinem Kummer keine Beachtung schenkt, lacht sie ihre Falten einfach weg. Das schwarze groß geblümte Kleid und das dunkel gelockte Haar können mit ihren Bewegungen und Gesten kaum mithalten. Ach, könnte man doch wie Tiziana sein, denkt sich Carmen, dann würden sich alle Probleme von selbst lösen. Sie erfährt, dass der Kirschkuchen auf Italienisch *crostata* heißt, und freut sich darauf, noch viel mehr lernen zu dürfen.

»Ich war früher schon mal in Monterosso«, erklärt Carmen, als ihre Wirtin sie fragt, ob sie zum ersten Mal in Ligurien sei.

»Das ist lange her. Ich war sechzehn.«

Sie erzählt die Geschichte von ihrem ersten Kuss unter Wasser und vom sonnenbeglänzten Antonio und wie er gelacht hat, als ihr der Saft des Pfirsichs das Kinn heruntergelaufen. Sie erzählt ihre Geschichte offensichtlich gut, denn Tizianas Mimik lebt bei jedem Wort intensiv mit.

»Deine Reise ist also mehr eine Pilgerfahrt«, sagt Tiziana. »Freut mich, dass du mein bescheidenes B & B für so etwas Wichtiges ausgesucht hast.«

Carmen lacht. »Wir wollen das Ganze nicht überdramatisieren«, sagt sie. »Ich war einfach reif für eine Woche Urlaub.«

»Wenn du länger bleiben willst, gerne. Ich habe keine weiteren Reservierungen.«

»Es ist mir schon aufgefallen, dass es hier sehr ruhig ist«, sagt Carmen. »Warum ist das so? Ich hätte in Monterosso viel mehr Tourismus erwartet.«

Tiziana interessiert sich jedoch mehr für das Thema davor. »Sein Name war also Antonio, ja? Erinnerst du dich an seinen Nachnamen? Vielleicht wohnt er noch hier. Wir könnten ihn einladen.«

»Ich habe nie gewusst, wie er mit Nachnamen heißt«, sagt Carmen. »Und du brauchst keine Angst zu haben. Ich mag zwar alt sein, aber noch bin ich nicht so nostalgiebesessen, mir einzubilden, ich könnte eine Jugendliebe wiederbeleben.«

»Das glaube ich dir nicht«, antwortet Tiziana.

»Ich tue das nur für mich selbst«, sagt Carmen. »Als ich mich von Antonio verabschieden musste, weil meine Eltern beschlossen hatten, dass die Ferien vorbei sind, habe ich ihm feierlich versprochen wiederzukommen. Das ist natürlich nie passiert, weil das Leben mit Versprechen nicht viel am Hut hat. Ich habe es versprochen, obwohl ich wusste, dass er genau so dachte und mich wahrscheinlich keine zwei Wochen später schon vergessen haben würde. Ich war überzeugt, dass er nicht poetisch schmachtend bis ans Ende seiner Tage auf mich warten würde wie in dem Film …«

»*Die Liebe in den Zeiten der Cholera.*«

»Ja, das Buch ist übrigens auch wunderschön. Ich habe

es zweimal hintereinander gelesen. Die Schlussszene auf dem Quarantäneschiff ist vielleicht das Romantischste, was ein Schriftsteller sich je hat einfallen lassen. Irgendwie fast schade, dass es heute keine Epidemien mehr gibt.«

»Du kommst vom Thema ab«, sagt Tiziana.

»'tschuldige. Ich habe mich von der Erinnerung an ein Leben mitreißen lassen, das ich nie geführt habe.«

»Wie schön du das sagst, Carmen.«

»Ich war der Meinung – und bin es auch heute noch, dass ich mein Versprechen trotzdem halten sollte.«

Carmen ist dankbar, jemandem begegnet zu sein, mit dem sie über das Ganze sprechen kann.

»Hör zu. Ich bin nicht hier, um Antonio zu finden. Ich will es nicht einmal versuchen. Darum geht es nicht. Wahrscheinlich wohnt er gar nicht mehr hier. Und selbst wenn, kann ich mir gut vorstellen, dass er nicht scharf ist auf – wie war das noch? –, auf eine Frau in seinem Alter, die gerade die dritte Bandscheibenoperation hinter sich hat und nun überlegt, ob sie sich das Fett absaugen lässt, sich aber nach drei schweren Geburten als Frau doch ein wenig zu alt dafür fühlt, ihn aber nie vergessen hat.«

»Glaubst du wirklich, dass du es nötig hast, dir Fett absaugen zu lassen?«, fragt Tiziana besorgt. Sie beugt sich über den Küchentisch und legt mütterlich beide Hände auf Carmens Unterarme.

»Das war ein Zitat. Ich habe auch keine drei Geburten hinter mir. Aber lassen wir das. Ist nicht wichtig. Ich bin hier, weil die Geschichte noch nicht rund ist.«

»Du bist dabei, das Versprechen an ihn einzulösen, und legst keinen Wert darauf, dass er das weiß.«

»Genau.«

»Da bin ich anderer Meinung, Carmen.«

»Was meinst du?«

»Deine Geschichte ist so romantisch. Sie verdient ein besseres Ende.«

Tiziana verschränkt die Arme vor der Brust und blickt seufzend zur Decke, als könnte sie durch die Spanplatten hindurch den Himmel sehen, in dem die Engel trällern.

»Ich finde, dass wir es wenigstens versuchen sollten.«

»Was versuchen sollten?«

»Antonio zu finden. Ich werde dir helfen. Ich danke dir, dass du zu mir gekommen bist, Carmen. Du hast mir eine Geschichte gegeben, und ich darf dabei helfen, sie mit einem Happy End zu versehen. Das ist ein richtiges Privileg.«

Carmen lacht. »Es freut mich, dass du dich so meiner kleinen privaten Alltagssorgen annimmst, aber mach dir keine Mühe. Ich bin keine Romanfigur, ich bin verheiratet. Und nächste Woche werde ich zufrieden und dankbar zu meinem Ehemann zurückkehren, zu meinen Routinen und Gewohnheiten, und der einzige Unterschied wird sein, dass ich mir dann sagen darf, ich hätte ein altes Versprechen eingelöst.«

»Nächste Woche?«

»Ja«, antwortet Carmen. »Ich bleibe eine Woche. Das weißt du doch?«

»Ach, stimmt«, sagt Tiziana geistesabwesend.

8

In Carmens früherem Leben als Diplomatengattin bedeutete jedes Kennenlernen einer weiteren Stadt eine beschwerliche Suche nach einem Halt. Nach außen hin gab sie vor, neugierig auf den kulturellen Reichtum des neuen Standorts ihres Gatten zu sein, obwohl diese Euphorie an Orten wie Cotonou, Wellington oder Lima kaum glaubwürdig war. Eigentlich verlangte sie nur nach einer Fortsetzung der Routine aus Tennisplätzen und Sherry, die sie dann auch fand, was jedoch bei ihr auf eine beruhigend vertraute Weise Niedergeschlagenheit auslöste. Ihre nomadische Existenz bestand damals paradoxerweise aus dem sesshaften Leben in einer Seifenblase, die der Wind von einem Ort zum anderen blies. Es genügte, an diesen Orten einmal mit Händen in den Taschen das bewachte Gelände der Dienstwohnung zu umrunden, um festzustellen, dass das betreffende Land keine nennenswerten Geheimnisse berge, dass es überall auf der Welt das Gleiche sei und es nirgendwo etwas gebe, was die Langeweile zu vertreiben vermöge.

Durch das viele Reisen hat Carmen das Reisen vollständig verlernt. Aber sie gibt sich Mühe. Sie hat ihr fröhliches Kleid angezogen und die Sandalen mit dem kleinen Absatz, deren Anblick genügt, um sie in Urlaubsstimmung zu versetzen. Auch Monterosso unterstützt sie dabei, denn in den schmalen Gassen, die vom Flanieren vieler Menschen wie ausgetreten wirken, lässt sich kaum mehr tun, als ziellos und zerstreut umherzustreifen. Sie flattert von Bar zu Bar, gönnt sich eine ausführliche Mittagsmahlzeit und erkennt erleichtert, dass der kleine Ort außer der Stadt selbst und den berühmten Wanderwegen in den Bergen keine Sehenswürdigkeiten zu bieten hat, die ihr respektvolle und ernst gemeinte Aufmerksamkeit abnötigten. Ihr fällt ein, dass sie Rob noch gar nicht angerufen hat, um ihm zu sagen, dass sie wohlbehalten angekommen sei. Sie nimmt sich vor, Tiziana am Abend darum zu bitten, ihr Telefon benutzen zu dürfen.

Sie geht zur Kirche am zentralen Platz, den sie auf der Suche nach Titi's B & B überquert hat, weil kultivierte Leute auf Reisen nun mal Kirchen besuchen und es nicht viel Aufwand kostet. Der Name des Platzes war Don Giovanni, allerdings mit einem Nachnamen, nämlich Minzoni, weshalb Carmen fürchtet, damit gänzlich falsche Assoziationen zu verknüpfen. Der Kirchenpatron des Gotteshauses ist Johannes der Täufer, und Carmen findet die Kirche recht hübsch. Sowohl ihre Fassade als auch die Säulen und die Gewölbebögen im Inneren sind schwarz-weiß gestreift. Das Schönste an der Kirche aber ist wohl die Rosette über dem Eingangsportal, die aussieht, als wäre sie aus weißem Marmor geklöppelt. Carmen hat die Kirche betreten, ohne mit großer Verblüffung zu rechnen, doch eine Informationstafel belehrt sie, dass sie so mir nichts, dir nichts in einer Kirche aus dem dreizehnten Jahrhundert gelandet ist, wodurch sich der Besuch in kultureller Hinsicht als wertvoller erweist, als zu erwarten war.

Nachdem sie auf den Geschmack gekommen ist, beschließt sie, auch gleich das zweite gestreifte, kirchenähnliche Gebäude auf dem Platz zu besichtigen. In der Lünette über dem Eingangstor befindet sich unter der Inschrift »MORTIS ET ORATIONIS CONFRATERNITAS« die Abbildung eines Totenkopfes mit gekreuzten Knochen darunter. Trotz dieser Warnung betritt Carmen den Tempel der Bruderschaft des Todes, und trotz des Halbdunkels im Inneren des barocken Oratoriums bemerkt sie sogleich, dass sie vollkommen allein im Raum ist. Totenköpfe grinsen sie von den Kapitellen herab an. Skelette tanzen auf den Architraven. Leichname starren mit leeren Augenhöhlen aus dem Schnitzwerk der Chorvertäfelung. Selbst das Kreuz auf dem Altar ist schwarz, und je mehr sich ihre Augen an das Dämmerlicht gewöhnen, desto mehr Gerippe, Skelette und Totenknochen entdeckt sie in den Ecken und Nischen der Kirche. Totenschädel lachen sie aus angesichts des Unbehagens, das sie erfasst. Ein Skelett mit einem Bischofsstab in der einen und einer Mitra in der anderen Hand hält den Kopf schief, schaut auf sie herab, öffnet den Mund, in dem sich noch eine Handvoll Zähne befinden, und scheint im Begriff zu sein, etwas Endgültiges zu sagen.

Wie jemand, dem es auf einer Aussichtsplattform über einem Abgrund plötzlich schwindelig wird und der sich an die Brüstung klammert, sucht Carmen Halt an den Tafeln, die die Touristen mit historischen Informationen versorgen. Die Schwarze Bruderschaft war ein geistlicher Orden, der sich dem Tod gewidmet hat. Die Brüder trugen schwarze Kutten, schwarze Gürtel, schwarze Kapuzen und Mundmasken und erbarmten sich der Sterbesakramente und Beerdigungen von armen Schluckern, deren Angehörige dafür keine Mittel besaßen. Die Zeit dieses Ordens war immer dann gekommen, wenn Katastrophen und Epidemien ausbrachen und die Opfer nicht mehr gezählt werden konnten.

Sieh an, in der Vergangenheit ging es auch nicht immer lustig zu, denkt Carmen im zwanghaften Bemühen, sich in Gedanken abzulenken.

Sie flüchtet auf die Terrasse der Enoteca Internazionale, zum bösen Fisch im Schatten des Ahorns und der Mispel. Sherry gibt es keinen, aber sie lässt sich zu einem Weißwein überreden. Beim zweiten Glas drängt sich eine alles beherrschende Frage unaufhaltsam in den Vordergrund.

»Was mache ich eigentlich hier?«, fragt sie laut den stummen Fisch. Der hat es leicht mit seinem in Marmor geronnenen Geschlängel. Von ihm verlangt keiner, sich zusammenzureißen. Aber sie versteht seine Wut. Die Zeit vergeht, als wäre es nichts, und wer aus Stein ist, erkennt das umso deutlicher. Margaretha Vasalis hat darüber ein Gedicht geschrieben, das Carmen mal auswendig konnte, denn eigentlich mag sie Poesie. Aber sie erinnert sich nicht mehr an die Worte. Genau das meint sie. Wie das Meer Fußspuren im Sand wegspült, verschwinden mit der Zeit nicht nur die Dinge selbst, sondern auch die Erinnerungen daran. Sie weiß nicht mal mehr, wie sie sich mit Antonio unterhalten hat, schließlich konnte keiner die Sprache des anderen. Mit einem gestammelten Schulenglisch? War vielleicht am Ende alles nur ein Missverständnis? Wie kann sie der Erinnerung an die Idylle vertrauen, wenn rein gar nichts an der idyllischen Kulisse der Erinnerung ihr vertraut vorkommt?

Der Kellner bringt den Sauvignon irgendeines Weinguts, den sie der Form halber nippend vorkostet. Sogar beim Wein: Alles, was sie tut, geschieht der Form halber. Selbst diese lächerliche Exkursion, die sie sich hat einfallen lassen, unternimmt sie nur der Form halber. Denn es ist eine formale literarische Überlegung gewesen, die sie dazu verführt hat, durch die Einhaltung eines gegebenen Versprechens eine Geschichte zu einem Ende zu bringen. Trotzdem ist das Ganze nur eine leere Geste, die nicht im Mindesten weltbewegend ist, nichts verändert und das Ganze schon gar nicht in eine Erzählung verwandelt. Jetzt, wo sie offiziell beschlossen hat, das Alter erreicht zu haben, in dem die Dinge beim Namen genannt werden dürfen, gebietet ihr die Ehrlichkeit, die Schlussfolgerung zu ziehen, dass sich ihr Leben niemals in eine spannende Erzählung verwandeln wird. Das ist kurz umrissen ihr wahres Problem, und nun sitzt sie mitten in einem Dorf am Mittelmeer und unterhält sich mit einem steinernen Fisch, als könnte sie damit ihr Problem einer Lösung näherbringen.

Vielleicht wäre es ja der Anfang einer Erzählung, wenn sie mit dem netten, jungen Ober flirten würde, doch ein Blick auf den dienstbeflissenen, infrage kommenden Don Giovanni genügt, um zu wissen, dass sie in seinen Augen längst jenseits von Gut und Böse ist und es vollkommen überflüssig wäre, den Spiegel seines Blicks zu bemühen, um sich davon zu überzeugen, dass er recht hat, weil es genauso ist. Und in ihrem Zustand braucht sie gewiss keine Kirche voller grinsender Skelette, um sich ihres Zustandes zu vergewissern, denn vom Lauf der Zeit bleibt ihr nicht viel mehr als eine endlose Reihe immer weniger feierlich begangener Geburtstage, Striae und jetzt auch noch ein nachlassendes Gedächtnis. Nun gut, dann kann sie sich jetzt auch ein drittes Glas genehmigen. Lösungen sind immer flüssig, das würde der stumme Fisch wohl bestätigen, dabei hat er von solchen Problemen keine Ahnung. Sein arroganter Marmor braucht Falten und hängendes Fleisch nicht zu fürchten. Nein, sie kann seine Wut nicht verstehen, und angesichts der Tatsache, dass sie jetzt das Alter erreicht hat, in dem man die Dinge beim Namen nennt, macht sie aus ihrem Herzen keine Schlangengrube, schimpft den Fisch einen Wichtigtuer und gesteht sich ein, dass sie allmählich die Hoffnung verabschieden könne, das Beste stünde ihr noch bevor.

Und so erweitert Carmen ihr Wissen über regionale Weine enorm, bevor die Enoteca Internazionale ihre Pforten schließt.

9

Am dritten Urlaubstag hat sie allmählich den Dreh raus. Das Nichtstun ist gar nicht so schwierig, wie sie dachte. Das Geheimnis besteht darin, nicht zu viel darüber nachzudenken. Sie lässt sich gemächlich durch den Tag treiben, und obwohl der nette, junge Ober bei der Enoteca Internazionale inzwischen weiß, wie sie heißt, endet keiner ihrer Abende mehr so dramatisch wie der erste.

Sie geht zum Strand. Die schmale Meile des verzweifelten Amüsierens, die sie bei ihrer Ankunft vom Bahnhof kommend entlangging und die um diese Jahreszeit noch so gut wie ausgestorben ist, lässt sie links liegen. Sie hat inzwischen den wahren Strand auf der anderen Seite des Kaps mit dem Schloss entdeckt. Zwar liegt gleich hinter dem Hafen auch ein schönes Stück Strand, doch sie hält sich, von der Stadt aus gesehen, links (*levante* nennt Tiziana das) und geht bis zur Stelle, wo die Via Corone zum Hotel-Restaurant Porto Roca abzweigt und zum berühmten Wanderweg nach Vernazza, Corniglia, Manarola und Riomaggiore, das heißt zu den Orten, die unter den Namen Cinque Terre Bekanntheit erlangt haben. Hinter dem Felsen beim Ristorante Il Castello, der den Küstenstreifen in zwei Hälften trennt, verlässt Carmen die Via Corone und steigt die Treppen hinunter. Der Teil des Strands, den sie nun betritt, ist ihr Strand.

Ihr ist, als würde sie den Strand wiedererkennen, auch wenn es jetzt kälter und ruhiger ist als in ihren Erinnerungen. Ein großer Felsen ragt mitten ins Meer hinein, und mit ein wenig Anstrengung kann sie sich davon überzeugen, dass Antonio mit seinem wendigen olivfarbenen Körper, vom Meerwasser glänzend, diesen Felsen hinaufgeklettert war, um ihr, ihr allein und niemand anderem, zu zeigen, was er sich alles traute und was er konnte. Er war kleiner als sie, aber das waren damals auch die meisten unbedeutenden, blassen Jungs ihrer Klasse. Sie glaubt sich daran zu erinnern, dass er gleich alt gewesen ist oder sogar ein Jahr älter, aber sie weiß nicht mehr, ob er ihr das gesagt oder sie das einfach vorausgesetzt hat. Hand in Hand sind sie damals hier am Strand entlanggegangen, wo ein Wald aus Sonnenschirmen gestanden hat und wo jetzt gähnende Leere herrscht. Sie tranken Eistee aus gerippten weißen Plastikbechern mit einem gelben Deckel, durch den man einen Strohhalm mit einer scharfen Spitze stecken musste, und ließen sich gegenseitig aus ihren Bechern trinken. Sie schwammen den ganzen Tag, unternahmen Entdeckungsausflüge und suchten unter Wasser nach verborgenen Schätzen, und eines Tages berührten seine Lippen ihre.

Carmen würde gerne schwimmen, natürlich würde

sie gerne schwimmen, aber es ist erst März, es weht ein kräftiger, frischer Wind, und das Meer ist unruhig. Also sitzt sie am menschenleeren Strand, beobachtet das Schauspiel der tosenden Wellen, die an den Klippen mit einem Feuerwerk aus weißem Schaum zerschellen, saugt tief ihre Vergangenheit in sich auf und versucht sich vorzustellen, wer sie war, als sie sich vor einem ganzen Leben an diesem Strand aufhielt, was sie damals dachte und was sie von der sich noch unvorstellbar weit vor ihr erstreckenden Zukunft erwartete. Es ist, als zerplatzte das Meer in Zeitlupe und als verlangsamten die großen Flocken Meeresschaum in der Luft ihren Flug, um möglichst großen Eindruck zu machen und damit anzugeben, wie schön und hoch sie fliegen können, wie Antonio, als er ihr seinen höchsten Kopfsprung gezeigt hat. Wenn sie sich recht erinnert, interessierte sie sich mit sechzehn kaum für die Zukunft. Sie war das schönste Mädchen der Klasse und die Zukunft eine sorglose Selbstverständlichkeit. Alles, was sie wollte, war, den Augenblick ihres Lebens langsamer vergehen zu lassen, indem sie möglichst viel unternahm und möglichst wenig nachdachte. Sie schwebte durch ihre Jugend so hoch, wie sie konnte. Bikinis standen ihr prächtig, und noch hatte sie das Leben nicht verlernt.

Allmählich akzeptiert Carmen, dass sie einer lächerlichen Anfechtung nachgegeben hat und sich aufgrund eines doch reichlich pathetischen Gedankens an diesem Strand befindet. Fast empfindet sie so etwas wie Stolz darauf, ihr Versprechen eingelöst zu haben, ohne darauf zu bestehen, dass jemand Zeuge dieser Tat ist oder ihre

Charakterstärke im Stillen oder mit lauten Worten lobt. Es stimmt, dass ihre Anwesenheit in Monterosso vollkommen nutzlos ist, aber ist nicht alles, was wertvoll ist, nutzlos? Sinnhaftigkeit findet sich nur da, wo praktischer Nutzen und persönlicher Gewinn mitleidsvoll den Blick abwenden. Dass sie handelt ohne die geringste Erwartung an das zu stellen, was folgt, macht ihre Tat zu einer stilvollen Geste. So zu tun, als erbrächte sie hiermit ein Opfer, wäre selbstgefällig und eitel, weil das Opfer ja aus nicht mehr als einer Woche Urlaub besteht, und dennoch: Diese kleine, überflüssige Pilgerfahrt in die Kulissen ihrer geliebten Erinnerung bringt sie ihrem eigentlichen Selbst und dem Gefühl, etwas Sinnvolles zu tun, sehr viel näher, als alle früheren Weltreisen zusammengenommen es vermochten.

Vielleicht ist das jetzt der richtige Moment, um es laut auszusprechen. Carmen erhebt sich und tritt an das sturmschäumende Meer, saugt tief die Lunge voll Luft und hält inne. Ist das Ganze nicht reichlich theatralisch? Aber hier hört sie doch keiner! Sie muss es tun, weil sie es tun muss. Weil symbolische Handlungen wichtig sind. Noch mal holt sie tief Luft und schreit dann, so laut sie kann, den mächtig anschwellenden Meereswogen entgegen: »Ich bin's. Carmen. Ich bin wieder da. 'tschuldigung, dass es so lange gedauert hat. Ich wurde aufgehalten. Aber versprochen ist versprochen. Hier bin ich!«

Und noch während sie in Gedanken ihre Gefühle des Stolzes und der Scham über diesen für sie so untypischen Ausbruch analysiert, sieht sie ihn. Er klettert seinen Felsen hoch. Er kann es nicht sein, und er ist es auch nicht.

Es ist irgendein Junge, der, von Weitem zu urteilen, auch jünger ist als ihr Antonio zum Zeitpunkt der Kopfsprünge und der Unterwasserliebelei. Irgendein Junge, der Antonios Felsen hinaufklettert, wogegen keiner ernsthaft etwas einwenden kann. Carmen beobachtet ihn angespannt. Er sieht sie nicht. Er ist zu sehr auf seine Kletterei konzentriert, außerdem scheint er nach etwas Ausschau zu halten. Vom Äußeren und der Geschicklichkeit her zu urteilen, ist er von hier. Vermutlich sucht er Muscheln oder Meeresfrüchte oder etwas Ähnliches.

Dann sieht Carmen, wie ein großer Brecher über dem Felsen zusammenschlägt und der Junge den Halt verliert. Die Macht des Wassers reißt ihn vom Stein herab, und er stürzt ins Meer. Carmen zögert keinen Augenblick. Sie lässt ihre Handtasche unbeobachtet liegen, stürzt sich mit Kleidern und allem ins Wasser und schwimmt zur Stelle, wo sie den Jungen ins Meer fallen sah. Als sie von einer Welle hochgehoben wird, sieht sie das Kind in der tückischen Brandung, mitten im Wirbeln des schäumend weißen Wassers zwischen der Klippe und den kleineren Felsen davor. Er ist nicht weit von ihr entfernt, doch das Meer stößt sie kraftvoll immer wieder in die entgegengesetzte Richtung, und ihre Kleider werden schwerer. Plötzlich spürt sie den Meeresboden unter ihren Füßen, sie kann stehen, das Wasser ist hier flacher. Nun kämpft sie sich gehend durch die Brandung, wobei sie sich rudernd mit den Armen unterstützt. Fast hätte sie den Jungen greifen können, doch die Felsen unter ihr sind uneben und glatt, und sie verliert das Gleichgewicht. Sie geht unter, die Strömung zieht sie in Richtung des offenen Meeres. Sie kommt wieder an die Oberfläche, schnappt nach Luft, bevor die nächste Welle über ihrem Kopf zusammenschlägt. Für einen Moment weiß sie nicht, wo oben und wo unten ist.

Auf einmal spürt sie, wie eine Hand sie am Kragen ihres Kleides packt und an die Wasseroberfläche zerrt. Danach hilft ihr der Junge mit überraschend festem Griff ans Ufer, wo sie sich in den Sand fallen lässt. Sie hustet aus Anstrengung und wegen des Meerwassers, das sie geschluckt hat. Er setzt sich neben sie, klopft ihr hilfsbereit mit der kleinen Hand auf den Rücken und sagt etwas auf Italienisch zu ihr.

»Nein, ich habe dir zu danken!«, antwortet Carmen. »Wer hat nun wen gerettet?« Der Rest von dem, was sie noch zu ihm hätte sagen können, geht in einem neuerlichen Hustenanfall unter.

Sie fühlt sich schon besser, abgesehen davon, dass sie vor Nässe trieft und ihr kalt wird. Sie wirft einen Blick auf ihren tapferen Retter. Wie alt mag er sein? Elf, vielleicht zwölf Jahre alt? Wer keine Kinder hat, tut sich schwer, das Alter von Kindern zu schätzen. Sie will ihn nach seinem Namen fragen, doch während sie überlegt, wie das auf Italienisch heißen könnte, sieht sie, wie er das Gesicht vor Schmerzen verzieht.

»Was ist?«, fragt sie erschrocken. »Hast du dir wehgetan?«

Er antwortet etwas und hält ihr den rechten Fuß hin. Sie sieht sofort, was passiert ist. Er ist in einen Seeigel getreten. Dutzende fieser schwarzer Stacheln haben sich in seine Fußsohle gebohrt, sind abgebrochen und stecken nun wie Spreißel unter der Haut. Carmen weiß, was zu tun ist. Sie gibt ihrem neuen Freund mit Zeichen zu verstehen, dass er sitzen bleiben soll, und holt rasch ihre Handtasche, die in einiger Entfernung unangetastet im Sand liegt. Sie öffnet die Tasche, zieht ein Necessaire mit ihren Make-up-Utensilien hervor und kramt, bis sie triumphierend eine Pinzette hochhält. In ihr schwillt etwas von ihrem früheren feministischen Stolz darauf, Angehörige des überlegenen weiblichen Geschlechts zu sein. Gleichzeitig ist sie dankbar, ihre Rolle als Retterin in der Not doch noch erfüllen zu können. Behutsam, gewissenhaft und geduldig zieht sie dem Jungen einen Stachel nach dem anderem aus dem Fuß. Ihr wird warm ums Herz.

10

Am nächsten Tag schließt die Enoteca Internazionale zu Carmens Enttäuschung bereits um sechs Uhr abends. Sie muss sich ein anderes Lokal suchen. Aber alle Lokale sind zu. Sie begreift es nicht.

»Habe ich dir nichts davon gesagt?«, sagt Tiziana beiläufig. »Es ist kein Problem. Ich habe ja mit dir gerechnet. Wein ist genug im Haus. Ich habe schöne Anchovis gefunden und vorhin frittiert. Wir können sie zum Aperitif essen oder, wenn du magst, als Vorspeise. Außerdem gibt es noch *cappon magro* von gestern. Das ist Fisch und Gemüse geschichtet, mit einer grünen Soße. Man isst es kalt. Danach könnte ich Pasta kochen, außerdem habe ich noch zwei Ombrine. Ich weiß nicht, wie die auf Englisch heißen. Fische. Wir könnten heute Abend ganz gemütlich zusammen hier in der Küche essen.«

»Wovon hast du mir nichts gesagt?«, fragt Carmen.

»Dass heute alle Lokale und Geschäfte um achtzehn Uhr schließen müssen.«

»Wer sagt das?«

Tiziana seufzt wie eine Schauspielerin. »Das DPCM, wie wir sagen.«

»Verstehe ich nicht.«

»*Decreto del Presidente del Consiglio dei Ministri.*«

»Was so viel heißt wie …?«

»Dekret des Premierministers.«

»Von Italien?«

»Von welchem Land denn sonst?«

»Stimmt, dumme Frage! Muss ich daraus schließen, dass sich der italienische Premierminister höchstpersönlich Sorgen um mein Alkoholproblem macht und meine Weinbar per Dekret deshalb früher schließen lässt? Könntest du bitte Seine Exzellenz, den Herrn Premierminister von Italien, mit allem Respekt darauf hinweisen, dass ich kein Alkoholproblem habe. Ich gebe zu, am ersten Abend etwas über die Stränge geschlagen zu haben, aber, komm schon, es war mein erster Abend. Danach habe ich mich – ich sage es fast mit Bedauern – so anständig verhalten, wie es sich für eine Dame meines Alters gehört. Was soll das Ganze?«

»Es ist wegen des Virus«, sagt Tiziana leise, als ob sie etwas sagen müsste, was sie lieber nicht gesagt hätte. Nachdenklich lässt sie ihren Blick in Richtung Küchenfenster wandern.

In diesem Moment beginnt Carmen, der Heldin der Pinzette, etwas zu schwanen. Ausgerechnet jetzt, wo sie ungefähr zum ersten Mal in ihrer mündigen Existenz für einige Tage die selbst auferlegte, doch widerwillig erfüllte Pflicht, Robs Abendzeitung zu durchblättern, vernachlässigt hat, gibt es, auch das ungefähr zum ersten

Mal in ihrem Leben, Entwicklungen in der Welt, die sie persönlich betreffen. Kurz vor ihrer Abreise hatte sie noch die Nachricht aufgeschnappt, dass einige Wissenschaftler befürchten, ein Virusausbruch könnte sich eventuell zu einer Epidemie entwickeln, was sie für ein Jonglieren mit wilden Theorien gehalten hat, womit sie nicht behaupten will, dass das nicht zu den Aufgaben von Wissenschaftlern gehöre. Doch wenn der italienische Premierminister inzwischen Notstandsdekrete erlassen muss, bedeutet das, dass sich die Wirklichkeit in gänzlich untypischerweise Weise konform der theoretischen Szenarien verhält. Deshalb also ist es in Monterosso so ruhig. Und weil hier so gut wie alle vom Tourismus leben und keiner die wenigen Gäste verjagen wollte, haben alle geschwiegen, Tiziana eingeschlossen.

»Ich muss meinen Mann anrufen«, sagt Carmen. Sie schämt sich, dass sie es noch nicht getan hat. Sie hat sich einfach keine Zeit dafür genommen. Wahrscheinlich macht er sich in L*** mit der Abendzeitung auf dem Schoß ganz furchtbare Sorgen.

»Du kannst mein Telefon benutzen«, sagt Tiziana. »Weißt du deine Festnetznummer auswendig?«

Carmen weiß sie auswendig. Rob nimmt sofort ab. Er sitzt neben dem Telefon. Was nicht heißen muss, dass er sich Sorgen macht, denn dort sitzt er immer.

»Warum rufst du unter dieser Nummer an?«, fragt er, nachdem Carmen »Hallo« gesagt hat.

»Man hat mir mein Telefon geklaut.«

»Mhm, praktisch!«

»Ja.«

»Ich habe versucht, dich anzurufen.«

»Habe ich schon vermutet«, sagt Carmen. »Und? Was hat der Dieb gesagt?«

»Er lässt dich grüßen.« Rob kann manchmal recht witzig sein. »Bist du noch immer in Italien?«

»Ich bin ja gerade erst angekommen. Vermisst du mich jetzt schon?«

»Bei dir da unten herrscht ein ziemliches Chaos«, sagt Rob. Obwohl Carmen einwendet, dass es aus ihrer Sicht gar nicht so schlimm sei, überschüttet er sie sofort mit seinem Wissen über die Ansteckungsherde in der Region Lombardei, die sich mit erschreckender Geschwindigkeit über ganz Norditalien ausbreiten. In den niederländischen Achtuhrnachrichten habe er Bilder aus Bergamo gesehen, wo die Friedhöfe so überfüllt seien, dass die Armee Särge in andere Regionen Italiens transportieren müsse. Und sie sei ja in Norditalien. Monterosso liege in Ligurien und Ligurien liege in Norditalien. Er mag zwar als Diplomat pensioniert sein, aber in Erdkunde mache ihm immer noch so schnell keiner was vor.

Carmen ist dankbar für die Information, denn obwohl sie sich im Zentrum des Geschehens befindet, ist sie vollkommen ahnungslos. »Und jetzt?«, sagt sie.

»Das wollte ich dich gerade fragen.«

»Meinst du, ich soll früher nach Hause kommen?«

»Ich glaube, das wäre das Allerdümmste, was du tun könntest«, antwortet Rob.

»Warum?«

»Na ja, denk mal logisch nach.«

Carmen dämmert es, doch überflüssigerweise spricht

Rob es aus: Er hat eine Heidenangst vor dem Virus! Was Krankheiten betrifft, war er noch nie ein Held. Sie erinnert sich an sämtliche Untergangsszenarien, als er in Cotonou geglaubt hat, sich eine Darmgrippe zugezogen zu haben. Er hatte bereits alle diplomatischen Kontakte bemüht, um die Rückführung seiner sterblichen Überreste möglichst reibungslos zu gewährleisten. Sollte das ansteckende Virus je die Niederlande erreichen, dann wird er sich zweifellos ängstlich in seinem Haus verbarrikadieren, was ihn übrigens kaum Mühe kosten würde, da er es sowieso kaum verlässt. Das Letzte, was er sich jetzt wünschte, wäre die Rückkehr seiner geliebten, nach Umarmung hungernden Gattin, direkt aus dem größten Ansteckungsherd von ganz Europa. Nun gut. Wenn das so war, dann war es halt so!

»Ich werde mich gleich informieren, zu welchen Maßnahmen die Behörden raten«, sagt Carmen. Ein formaler Satz wie dieser weckt in ihr sofort das Bedürfnis nach einem Tennismatch und einem Glas Sherry. Aber sie hat lange genug in diplomatischen Kreisen verkehrt, um zu wissen, dass derart hohle, verfahrenstechnische Phrasen oft am angebrachtesten sind. Rob stimmt ihr zu und klingt erleichtert. Er nimmt ihr das Versprechen ab, vorsichtig zu sein. Sie versichert ihm, ihn auf dem Laufenden zu halten.

11

Nachdem Tiziana und Carmen zu den gegrillten Anchovis ein Argument nach dem anderen goutiert haben und beim *cappon magro* zum Schluss gekommen sind, dass das Problem sehr komplex sei, wobei Carmen nun begreift, warum in Titi's B & B keine neuen Reservierungen eingetroffen sind und Tiziana derart bereitwillig mehrmals wiederholt hat, dass eine Verlängerung ihres Aufenthalts überhaupt kein Problem sei, und nachdem sie eine zweite Flasche Wein geöffnet und während des Verzehrs der Spaghetti wie Frauen unter sich über die Liebe gesprochen haben, wonach sie den Entschluss fassen, auf das Hauptgericht zu verzichten, hören Carmen und Tiziana, die inzwischen Pistazieneis aus Kaffeetassen löffeln und Freundinnen geworden sind, ein Klopfen an der Tür.

Typisch italienisch, denkt Carmen, an die Tür zu klopfen, obwohl es eine Klingel gibt. Immer alternative Lösungen im Blick haben, selbst wenn sich das Problem noch gar nicht stellt. Aber woher weiß sie überhaupt, dass es eine Klingel gibt? Weil sie sie vor ein paar Tagen bei ihrer Ankunft selbst betätigt hat! Da kann man mal sehen: Selbst bei gänzlicher Gedankenlosigkeit können die Gedanken in die Irre gehen.

»Es ist für dich«, sagt Tiziana.

»Was meinst du?«

Und im gleichen Augenblick wird Carmen klar, wie sehr ihre Gedanken – selbst unter Berücksichtigung der nicht zu verschweigenden Tatsache, dass jede von ihnen fast eine Flasche Wein getrunken hat – in die Irre gegangen sind, denn hinter Tiziana kommt ein Junge herein, der klopfen musste, weil er zu klein ist, um den Klingelknopf zu erreichen. Womit nun der richtige Moment gekommen wäre, um sich, im Einklang mit ihrer jüngst erlangten Obsession für unmögliche Fragen, darüber zu wundern, wie ein Sterblicher überhaupt irgendetwas zu begreifen vermag, wenn schon eine einfache Türklingel ein solch riesiges Potenzial an Missverständnissen in sich birgt, doch stattdessen springt sie erfreut auf, da sie in dem Jungen ihren Jungen erkennt. Er trägt einen Korb mit Zitronen.

»Aus dem Garten seiner Oma«, erklärt Tiziana. »Für dich, Carmen. Als Dank.«

»Ich müsste ihm eigentlich danken«, sagt Carmen. Sie ist gerührt.

»Wie heißt du?«, fragt sie den Jungen.

Tiziana übersetzt. Er heißt Oronzo. Ja, auch in Tizianas Ohren ist das ein merkwürdiger, schöner, selten gehörter Name. Oronzo erklärt, stolz darauf zu sein, dass seine Eltern diesen Namen für ihn ausgesucht haben, denn er sei etwas Besonderes, ein Name, der nur ihm gehöre und den ihm niemand wegnehmen könne, der Name sei sein Andenken an sie. Oronzo bekommt von Tiziana ebenfalls eine Kaffeetasse mit Pistazieneis. Ja, seine Eltern seien gestorben, viel mehr könne er dazu nicht sagen. Es sei schon so lange her, er sei damals zu klein gewesen, um sich noch daran erinnern zu können. Seither wohne er bei seiner Oma und ob er vielleicht noch ein wenig Eis haben könnte? Was für ein netter Junge.

»Warum hast du eigentlich keine Kinder?«, fragt Carmen Tiziana, nachdem Oronzo sich, wie von ihm nicht anders zu erwarten war, auf rührende Art verabschiedet hat, um artig zu seiner Oma zurückzukehren.

»Ich habe eine Tochter«, antwortet Tiziana. »Giulia.«

»Julia?«

»Giulia. Sie studiert in Mailand.« Tiziana lässt ihren Kopf auf die auf dem Küchentisch liegenden Arme sinken.

»Dann warst du ja schon ziemlich früh bei der Sache.«

»Ich bin älter, als du denkst.« Sie pustet sich eine schwarze Locke aus dem Gesicht. »Ich sehe sie nicht oft. Sie ist eine Frau von Welt geworden, glaubt, wichtige Freunde zu haben, und findet, dass ihre hinterwäldlerische Mutter nicht mehr zu ihrem Selbstbild und ihren Zukunftsplänen passt.«

»Aber sie kommt dich doch noch ab und zu besuchen, oder?«, fragt Carmen.

»Wo denkst du hin! Dafür ist sie doch viel zu großstädtisch. Sie ruft nicht mal an. Oder nur, wenn sie Geld braucht.«

»Nichts ist scheußlicher als eine Frau«, sagt Carmen.
»Pardon?«
»Das war ein Zitat aus Homers *Odyssee*. Agamemnon sagt das in der Unterwelt zu Odysseus. Er war beim Baden von seiner Frau mit einem Beil erschlagen worden und hat also gute Gründe, das zu sagen, aber ich gebe zu, es passt in dieser Situation nicht ganz, entschuldige. Es ist mir nur gerade eingefallen. Ich hatte früher mit meiner Freundin Vera einen feministischen Buchladen. Als Namen hatten wir uns ein sogenanntes Geusenwort oder eigentlich ein Geusenbild ausgesucht, unser Logo war ein Hund, und der Name war Cave, von Carmen und Vera, aber man sollte dabei auch an *cave canem* denken, also: Vorsicht vor dem Hunde. Aber alle haben ›The Cave‹ dazu gesagt, und keiner hat die Sache mit dem Hund verstanden. 'tschuldigung. Ich weiß nicht, warum ich dir das jetzt erzähle. Ich glaube, ich habe ein bisschen zu viel getrunken.«

Zu ihrer Überraschung bricht Tiziana in lautes Lachen aus. Sie ist eine Meisterin des lauten Lachens, ein richtiges Naturtalent: Das ganze Gesicht beteiligt sich an der Unbändigkeit, sie wirft den Kopf in den Nacken, und ihr dunkles Haar umtanzt ihren Frohsinn, die Augen strahlen wie polierte schwarze Achate, und sie schleudert die Arme mit flatternden Ärmeln in die Luft wie ein Filmstar. Das Ganze ist ein Kraftausbruch, angesichts dessen Carmen nichts bleibt, als leise mitzulachen, auch wenn sie keine Ahnung hat, was daran so lustig sein soll.

»Ist schon ziemlich witzig«, erklärt Tiziana, »dass du

mich als Reaktion auf meine Offenbarung des vielleicht größten Kummers in meinem bescheidenen Leben der letzten Jahre mit dem Zitat eines antiken Klassikers zu trösten versuchst.«

»Ich wollte dich nicht beleidigen.«

»Das weiß ich, keine Sorge.« Tiziana macht eine wegwerfende Handbewegung und lacht schon wieder. »Aber das Allerwitzigste ist wohl, dass du dauernd krampfhaft versuchst, durchschnittlich zu sein, und damit grandios scheiterst, und dass du das selbst nicht mal merkst.«

»Wenn ich ganz ehrlich bin, liegt mein Ehrgeiz eigentlich eher darin, außergewöhnlich zu sein«, antwortet Carmen.

»Siehst du, genau das meine ich.«

»Wenn ich mich nicht täusche, ist das ziemlich das Gegenteil von dem, was du eben gesagt hast.«

»Du verstehst es nicht, und das ist komisch«, erklärt ihr Tiziana. »Etwas Besonderes sein will jeder. Und gerade weil das jeder will, ist es das Hauptmerkmal der Alltäglichkeit. Wer schon was Besonderes ist, kommt gar nicht auf die Idee, etwas Besonderes sein zu wollen. Da sitzt du in deinem Blümchenkleid und spielst die Bücher-Mama, die sich nach einer Geschichte sehnt, und hast keine Ahnung, dass du selbst bis zum Rand voller Geschichten steckst. Du zwinkerst nur einmal mit den Augen und verfrachtest mich mitten in eine Unterhaltung zwischen zwei Helden in der griechischen Unterwelt, als sei es nichts.«

»Das sind geliehene Geschichten«, sagt Carmen, »abgenutzte Secondhand-Erzählungen. Zugegeben, es ist besser als nichts, aber es ist doch was anderes, wenn man ein Leben führt, über das alle großen Schriftsteller gerne ein Buch schreiben wollen.«

»Hättest du das gerne?«

»Hältst du das für lächerlich romantisch?«

»Dann sollten wir was daran ändern«, sagt Tiziana. Sie beugt sich theatralisch vor und schaut Carmen mit blitzenden Augen an. »Ich habe eine Überraschung für dich«, flüstert sie. »Ich habe Antonio gefunden.«

12

Carmen hasst Cliffhanger. Sie hält es für eine Form des Sadismus, erst große Erwartungen zu schüren und danach mit einem amüsierten, aufreizenden Funkeln in den Augen in vieldeutiges Schweigen zu verfallen. Man lässt ja auch nicht eine Zirkusvorstellung mit dem Trommelwirbel enden, weil man dadurch hofft, mehr Karten für die nächste Show zu verkaufen. Das wäre unethisch. Und genauso unmoralisch ist es, wenn ein Schriftsteller, nachdem er viele Seiten präzise auf eine Klimax hingearbeitet hat, unmittelbar vor dem großen Augenblick, den er aus Gründen der Spannung ohnehin schon bis zur Grenze des Erträglichen hinausgezögert hat, auf Pause drückt, den Blick in die Runde schweifen lässt und den Triumph auskostet, die Erwartungen derart meisterhaft geweckt zu haben. Man stelle sich vor, der Schöpfer von Himmel und Erde würde dasselbe tun und zum Beispiel in dem Augenblick, wo eines seiner verwundbaren, sterblichen Geschöpfe sich mit den verkrampften Fingern einer Hand und letzter Kraft an den Felsvorsprung eines Abgrunds klammert, die Kreisläufe von Erde und

Himmelskörpern anhalten, die Filmmusik aufdrehen und den Abspann über das Firmament rollen lassen, nur damit wir am nächsten Morgen früh aus dem Bett hüpfen, weil wir keine Minute vom kommenden Tag der atemberaubenden göttlichen Schöpfung verpassen wollen. Cliffhanger sind billige Effekthascherei und drücken dem Leser gewissermaßen den Pistolenlauf an die Schläfe, um ihm das Geständnis abzuringen, dass das alles furchtbar spannend sei. Der Trick funktioniert immer, weshalb sein Einsatz auch so verwerflich ist.

Und so schweigt Tiziana. Eine Überraschung ist eine Überraschung, und Carmen soll sich gedulden.

»Falls du unbedingt meine Geduld auf die Probe stellen willst«, sagt Carmen, »musst du dich beeilen, mein Urlaub ist bald vorbei.«

»Lustig, dass du noch immer glaubst, hier so einfach wegzukommen«, sagt Tiziana.

Die nächsten Tage bestätigen Tizianas Aussage. Die Enoteca Internazionale bleibt auf Anordnung der Regierung geschlossen, wie übrigens alle Cafés, Restaurants und Geschäfte, die nicht dazu dienen, die fundamentalen Lebensbedürfnisse zu stillen. Das Haus darf nur verlassen, wer es unbedingt muss. Es gab tausend Gründe das Katastrophengebiet fluchtartig zu verlassen, doch als Carmen auf Tizianas Computer die Webseite der KLM aufruft, bewahrheitet sich ihre Befürchtung: Ihr Flug ist annulliert, wie fast alle Flüge von und nach Norditalien. Es besteht eine Reisewarnung. Zwar hat sie als niederländische Staatsbürgerin das Recht, in die Niederlande zurückzukehren, was so auch auf der Webseite der niederländischen Botschaft in Rom zu lesen ist, aber sie ahnt, dass eine solche Reise praktisch nicht zu organisieren wäre. Sie müsste dazu einen der wenigen Flüge ergattern, die Rom verlassen, und selbst wenn ihr das gelänge, bliebe noch die Frage, wie sie von Monterosso nach Rom käme, denn auch Inlandsflüge oder Zugfahrten finden nicht oder kaum statt. Überdies ist es offiziell strengstens verboten, die Stadtgrenzen ohne Erlaubnis zu verlassen, doch keiner weiß, wo eine solche einzuholen wäre. Sie ruft Rob an, um sich mit ihm zu beratschlagen. Er stimmt ihr ohne Zögern zu. Nicht nur in Anbetracht der Sachlage, sondern auch in epidemiologischer Hinsicht sei es das Vernünftigste, dort zu bleiben, wo sie sei, bis sich die Sache mit dem Virus erledigt habe. Sie beschließt, Tizianas Angebot anzunehmen. Tiziana zeigt sich wenig überrascht.

Das denkwürdige Abendessen in Tizianas Küche ist der Anfang einer neuen Routine. Von nun an nehmen sie die Morgen-, Mittags- und Abendmahlzeiten gemeinsam ein. Carmen hilft beim Kochen, es macht ihr Spaß, neue italienische Gerichte kennenzulernen, und außerdem hat sie sowieso nichts Besseres vor. Sie übernimmt die Einkäufe, weil sie dann für eine kleine Weile das Haus verlassen kann. Viel mehr geschieht nicht, und das ist gut so. Jetzt, wo sie der Pflicht enthoben ist, den Urlaub auf Teufel komm raus genießen zu müssen, genießt Carmen die Zeit in vollen Zügen. Die Tatsache, dass es nichts zu tun gibt, liefert eine wunderbare Entschuldigung dafür, tatsächlich nichts zu tun. Ihre Neigung, sich unmögliche Fragen zu stellen, schwindet weiter.

Dem drakonischen Maßnahmenkatalog des jüngsten Dekrets zufolge ist es strengstens verboten, das Haus aus anderen Gründen zu verlassen als zur Beschaffung von Lebensmitteln und Medikamenten. Eine Ausnahme bilden sportliche Betätigungen, unbegleitet und beschränkt auf den Radius von zweihundert Metern rund um die Wohnadresse. Carmen beruft sich auf diese Klausel, um fast jeden Tag für eine Stunde oder länger zu ihrem Strand zu gehen, der sich, wie übrigens ganz Monterosso, innerhalb dieser gesetzlich erlaubten Distanz von Titi's B & B befindet. Und für den Fall, dass sie kontrolliert würde, was übrigens nie geschieht, könnte sie stets behaupten, allein schwimmen gehen zu wollen, was sie jetzt, da die Tage länger und wärmer werden, immer öfter auch wirklich tut.

Das Meer zittert noch leicht vor Winterkälte, aber Carmen liebt das Schwimmen, und außerdem ist es ja ihr Meer, welches seine Schwimmerin mit jedem Male besser kennenlernt und dadurch noch zärtlicher liebkost, als schämte es sich mit jedem Male noch mehr über die Grobheit, mit der es sie beim ersten Wiedersehen empfangen hat. Von einer Ansteckungsgefahr kann beim Schwimmen keine Rede sein, Carmen hat das ganze Mittelmeer für sich allein. Wenn sie sich auf den Wellen wiegen lässt und die Augen schließt, berührt sie mit den Fingerspitzen Gibraltar und Zypern, und ihre Zehen reichen bis nach Ägypten. Öffnet sie erneut die Augen, findet sie sich zwischen den Felsen und dem Schloss von Monterosso wieder, in einem Blau, welches die Farbe ihrer Seele ist und am Horizont, im Versuch, blauer als blau zu sein, fast in ein Violett übergeht. Die Firnisschicht auf dem Wasser lockt beim Sonnenlicht ein Kichern hervor. Carmen taucht hinab, lässt die glitzernde Oberfläche hinter sich und schwebt atemlos durch die tiefe Stille, wo kein Fisch sie anblickt, die Wahrheit sich verbirgt und die Erinnerungen sicher bewahrt sind.

13

»Sie ist krank«, sagt Oronzo.

Carmen sieht ihn häufig, inzwischen eigentlich fast jeden Tag, sie treffen sich am Strand, der immer mehr zu ihrem gemeinsamen Strand wird. Oronzo schwimmt nicht. Er kann es, aber er tut es nur, wenn es unbedingt sein muss. Und so ist sie das Kind, das im Wasser planscht, während er wie ein ernsthaftes und verantwortungsvolles Elternteil am Strand sitzt, sie beobachtet und wartet, bis sie sich ausgetobt hat, aus dem Wasser kommt und sich müde vom Schwimmen neben ihn auf das Badetuch fallen lässt, das sie sich von Tiziana geborgt hat. Mit der unerschöpflichen Geduld zweier Menschen, die das Talent besitzen, gemeinsam aufs Meer zu blicken und sich dabei selbst dann wohlzufühlen, wenn geschwiegen wird, überbrücken sie die Sprachbarriere mit kurzen, im Grunde unwichtigen Sätzen, die, vorausgesetzt, man lässt sich Zeit, mithilfe von Gesten und Zeigen leicht zu deuten sind. Auch hier übernimmt Oronzo eher den Part des Erwachsenen und korrigiert Carmen lachend, wenn sie ein Wort falsch wiederholt. Dank seines engagierten und geduldigen Unterrichts versteht sie immer mehr, auch kann sie dadurch schon ein wenig Italienisch, ein paar Worte nur, aber Worte brauchen die beiden ohnehin nicht viele.

Kurz, sie mag den Jungen, und es sieht ganz so aus, als beruhte das auf Gegenseitigkeit. Die beiden geben den Möwen Namen und fangen ohne Grund an zu lachen. Wenn Oronzo Lust hat, macht er einen Handstand für Carmen, was diese dann an früher und an Antonio erinnert. Manchmal erzählt sie ihm auf Niederländisch aus ihrem Leben, und er hört zu, während er nachdenklich mit einem Stöckchen zwischen den Steinen stochert. Gehen sie nach Hause, verabschieden sie sich nicht, weil sie wissen, dass der andere nicht weit weg ist und der Strand immer auf sie wartet. Carmen begreift sehr wohl, dass sie aufgrund ihrer Kinderlosigkeit für Gefühle der Zärtlichkeit empfänglich ist, dass der kleine Kerl allein durch sein Dasein gnadenlos ihre Schwachstelle erfasst hat und nun mit einem Stöckchen in ihren vor Jahrzehnten beerdigten Mutterinstinkten herumstochert, doch warum sollte sie sich eigentlich dagegen wehren?

Hinzu kommt, dass sie das einzige Buch, das sie, im Glauben nur eine Woche zu bleiben, aus der Öffentlichen Bibliothek von L*** als Urlaubslektüre mitgenommen hat, inzwischen gelesen hat. Sie befürchtet, dass *Der Tod in Venedig* sich in einem weit stärkeren Maße als passende Lektüre zu erweisen droht, als es eine Bücher-Mama je hätte voraussagen können: Sie macht während einer Epidemie Urlaub in einem italienischen Küstenort und verliebt sich dabei, wenn der Gebrauch dieses Wortes in diesem Fall erlaubt ist, in einen Jungen. Sollte ihre Geschichte tatsächlich enden wie bei Thomas Mann, wird sie am Meer in einem Liegestuhl krepieren. Doch beruhigt sie sich mit dem Gedanken, dass hier am Strand keine Liegestühle stehen und in ihrem Leben die Dinge nie einen so schönen Verlauf nehmen wie in den Büchern.

Sie braucht dringend neue Bücher, und obwohl sie glücklich ist mit dem winzigen Leben in Monterosso, mit Tiziana und Oronzo und mit der kleinen Welt der Quarantäne, und zwar so glücklich, dass es ihr fast ein schlechtes Gewissen bereitet, fehlen ihr die großen Geschichten – mal abgesehen von ausreichend Kleidung. Was die Kleidung betrifft, hat sie mit etwas gutem Willen dieselbe Größe wie Tiziana, und so borgt ihr diese einige ihrer etwas großzügiger geschnittenen Kleider, in denen sich Carmen jung und italienisch vorkommt und ganz von selbst anfängt, beim Reden wild mit den Armen zu fuchteln. Leider sind Tizianas Bücher auf Italienisch, und Oronzos Unterrichtsstunden haben sie noch nicht so weit gebracht, dass sie Montales Gedichte im Original lesen könnte, und obwohl sie eigentlich Poesie mag: Gedichte sind nun mal keine Geschichten. Vielleicht kann sie Rob bitten, ihr etwas zu schicken. Soweit sie weiß, arbeiten die Transportunternehmen noch. Aber Tizianas Kleider machen sie auch darin italienischer, dass sie sich sagt: Was du heute kannst besorgen, das verschiebe lieber doch auf morgen.

Aber sie ist krank. Das italienische Wort für »krank«

kennt Carmen inzwischen. Und weil sie nun weiß, dass Oronzo es mit der weiblichen Endung benutzt hat, kann nur eine einzige Person gemeint sein. Nachdem sie wieder in Tizianas hellrotes Flatterkleid geschlüpft ist und Oronzo mit zu Titi's B & B genommen hat, wo er Tiziana die ganze Geschichte noch einmal erzählt, zeigt sich, dass sie alles richtig verstanden hat. Oronzos Oma ist am Morgen mit Atembeschwerden ins Krankenhaus eingeliefert worden. Tiziana vermutet, dass man sie nach Sestri Levante gebracht hat. Sie ruft im Krankenhaus an, wo man schließlich, weil sie sich nicht abwimmeln lässt, ihre Vermutung bestätigt. Oronzos Oma hat sich mit dem neuen Virus angesteckt. Ihr Zustand sei stabil, aber selbstständig atmen könne sie nicht und brauche Sauerstoff. Immerhin liegt sie nicht auf der Intensivstation, das ist die gute Nachricht, die schlechte ist, dass Oronzos Oma alt ist. Jede Prognose wäre haltlose Spekulation. Nein, es dürfe sie keiner besuchen, das müsse man verstehen. Aber sie sei in guten Händen.

Tiziana und Carmen überlegen. Oronzo hat keine weiteren Verwandten. Er kann weder für sich selbst sorgen noch allein im Haus seiner Oma bleiben. Tiziana hat zwar kein Zimmer mehr frei, aber ein Kinderbett, das sie gelegentlich Gästen anbietet und in Carmens Zimmer stellen könnte. In Anbetracht der Umstände hat Carmen nichts dagegen. Doch wäre sie ehrlich zu sich selbst und klänge es in Anbetracht der eben erwähnten Umstände nicht herzlos, würde sie zugeben, dass es ihr sogar ausnehmend gut gefällt.

14

Als Carmen am nächsten Morgen nach dem ersten Schreck, das Kinderbett leer zu finden, in die Küche kommt und dort Oronzo erblickt, der mit einer lustigen Mütze auf dem Kopf Tiziana beim Tischdecken hilft, wird sie einen Sekundenbruchteil lang mit voller Wucht von einem Gefühl gebeutelt, das ihr zwar bisher unbekannt war, das sie aber dennoch unfehlbar als das erkennt, welches eine Frau verspürt, die Mutter ist. Diese Empfindung wird jedoch sofort verdrängt von einem Gefühlskomplex aus Schuld, Scham und dem Bedauern darüber, sich ein Glück zu erlauben, das auf dem tragischen Zusammentreffen unglücklicher Umstände beruht, verdrängt auch vom Bedenken, sich wissentlich mitreißen zu lassen von einem Ersatzgefühl, das, wie alles in ihrem Leben, nur stellvertretend ist und außerdem, sie kann es drehen und wenden, wie sie will, nur ein Gefühl auf Zeit sein kann, das sie aber dennoch empfunden hat. Eigentlich wollte sie bei den Frühstücksvorbereitungen helfen, doch nun muss sie sich erst einmal setzen.

»Was hast du da für eine schöne Mütze, Oronzo?«, fragt sie. »Zeig mal.«

»Hat er im Flurschrank gefunden«, sagt Tiziana. »Ein Gast hat sie dort vergessen.«

Oronzo zieht die Mütze bis zu den Augen herab und stellt sich vor Carmen auf. Die Mütze ist dunkelblau, hat ein rotes Herz und trägt den Schriftzug »Monterosso mon amour«. Und ein weiteres Mal durchflutet Carmen das eben empfundene Gefühl.

»Apropos«, sagt Tiziana, während sie die Focaccia auf den Tisch stellt. »Heute ist ein wichtiger Tag.«

»Wieso?«, fragt Carmen.

»Antonio«, flüstert Tiziana. Bewundernswert, wie prononciert, theatralisch und emphatisch Tiziana flüstern kann! Sie verleiht jeder Silbe eine gesonderte Bedeutung, und das mit einem Blick, als spräche sie über Carmens Lieblingsdessert. Das ärgert Carmen. Es entgeht Tiziana nicht. »Ich weiß, dass ich mich über diese Sache mehr freue als du«, sagt sie. »Aber ein Versprechen ist ein Versprechen.«

»Ich erlaube dir, dein Versprechen zu brechen«, sagt Carmen.

»Ich meine dein Versprechen.«

»Lass es gut sein.«

»Ich denke nicht dran.«

»Wirklich, Tiziana, es ist in Ordnung. Ich danke dir für alle Mühe, die du dir eventuell schon gemacht hast. Mir genügt es, hier zu sein. Ich habe dem Meer gesagt, dass ich wieder da bin, und ich habe dich und Oronzo kennengelernt. Das ist schon mehr an Belohnung, als ich je zu hoffen gewagt habe. Ich habe nicht das geringste Bedürfnis, mich in meinem Lebensabend einem italienischen Herrn meines Alters an den Hals zu werfen, einem Mann mit einem eigenen Leben, mit Hypothekenraten, Rentenbeiträgen, Haustieren und wahrscheinlich noch einer Frau, der ganz gewiss nicht darauf wartet, den schonungslosen Verfall einer ehemaligen Urlaubsliebelei mit eigenen Augen einer Prüfung zu unterziehen.«

»Du darfst vor einer Geschichte nicht fliehen.«

Carmen protestiert erneut. Sie meint es ernst.

Aber auch Tiziana ist es ernst, und gegen ihre militante Großzügigkeit ist nicht anzukommen. Tiziana gehört zu jenen Menschen, die ihren Mangel an Durchsetzungsvermögen bezüglich der eigenen Bedürfnisse und Belange dadurch kompensieren, dass sie sich bei jeder sich bietenden Gelegenheit mit eiserner Beharrlichkeit für andere einsetzen. In ihrem Altruismus ist sie fundamentalistisch, und ihr hemmungsloser Eifer, anderen Menschen einen Gefallen zu tun, kann durch nichts oder niemanden gebremst werden und schon gar nicht durch die banale Nebensächlichkeit, dass der andere Mensch diesen Gefallen eigentlich gar nicht erwiesen haben möchte. Angesichts des lodernden Feuers von Tizianas Leidenschaft bleibt nur eines: nachgeben. Aber Carmen gibt nicht nach, was an der unerschütterlichen Tatsache, dass ihre Geschichte gerade umgestaltet wird, rein gar nichts ändert. Ob sie möglicherweise die Absicht hegt, bei der Gestaltung ihrer eigenen persönlichen Zukunft ein Wörtchen mitzureden, ist dabei irrelevant.

Tiziana erklärt es ihr. Sie habe ausführlich recherchiert, und wenn jemand in der Geschichte des Ortes bewandert sei, dann sie. In ganz Monterosso gebe es nur einen Mann, dessen Name Antonio sei und der das passende Alter habe, abgesehen vom Bruder des Friseurs auf der Piazza Giuseppe Garibaldi, aber der sei importiert und stamme ursprünglich aus dem Veneto. Die Geschichte dieses Antonio sei eigentlich auch interessant, doch müsse man die hier mal beiseitelassen. Der einzig wirklich infrage kommende Antonio sei insofern ein Einwohner Monterossos – die Sache erfordere in dieser Hinsicht Genauigkeit –, als er sein ganzes Leben in Monterosso gewohnt habe, bevor er vor einigen Jahren nach Levanto umgezogen sei. Aber er arbeite noch hier in der Stadt, na ja, um präzise zu sein, vor der Stadt, in der Villa, die einmal Montale gehört habe und inzwischen zu einem Ausstellungs- inklusive Empfangsraum und luxuriöser Ferienwohnung umgewandelt worden sei. Sie habe sich zuerst überlegt, mit Carmen dorthin zu gehen und den Antonio-Kandidaten zu überraschen, aber die Epidemie habe ihr einen Strich durch die Rechnung gemacht. Die Villa sei für den Publikumsverkehr geschlossen. Und nach Levanto zu fahren sei auch keine Option, denn dafür müsste man sich offiziell eine Erlaubnis einholen. Deshalb habe alles etwas länger gedauert. Doch sei sie eine Frau, die sich angesichts eines Rückschlags nicht so schnell entmutigen lasse, es sei ihr gelungen, ein Treffen zu arrangieren, und dieses Treffen sei heute. Die Villa werde extra für sie geöffnet. Und das alles nur um den Preis, dass es nun keine Überraschung mehr sei. Antonio erwarte sie. Um ihn dazu zu bringen, die Regeln etwas laxer zu handhaben, habe sie ihm verraten müssen, wer Carmen wirklich sei. Er könne sich gut an sie erinnern. Er freue sich darauf, sie wiederzusehen. Tiziana tanzt durch die Küche.

Und so kommt es, dass Carmen trotz ihres demonstrativen Widerwillens in Tizianas rotes Kleid und in die Schuhe mit den hohen Absätzen schlüpft, sich fluchend die Lippen schminkt und hinter Tiziana und Oronzo über die Via Fegina westlich der alten Stadt den Hügel, die Punta del Mesco, hinaufsteigt zur Art-déco-Villa, die 1880 erbaut worden ist und anfangs allgemein Villa der Zwei Palmen und bei Montale die Fahlgelbe Pagode hieß, wonach Tiziana sie einem langen, hageren älteren Herrn vorstellt, der sich in seinem Anzug, den er sich für diese Gelegenheit angezogen hat, sichtlich unbehaglich fühlt, ihr schüchtern eine gelbe Rose überreicht und sich Tiziana zuwendet, damit sie für Carmen übersetzt, dass sein Name Antonio sei und dass Carmen noch fast so schön sei wie früher, dass ihr erster Kuss am Strand zu seinen süßesten Erinnerungen gehöre, dass er noch jahrelang auf sie gewartet habe und danach jeden Sommer hoffte, sie werde zurückkehren, um sein Leben zu vervollkommnen, dass er am Ende aber, mit viel Schmerz und Mühe, einen Weg gefunden habe, seinen Kummer zu überwinden, jetzt aber dennoch sehr gerührt und erfreut sei, dass sie sich an ihr Versprechen gehalten habe und es ihm vergönnt sei, sie wiederzusehen, dass er es bedauere, aufgrund des Dekrets ihr keine Führung durch die Villa anbieten zu können, wofür er sie um Verständnis bitte, worauf er sich mit einer unbeholfenen Verbeugung von Carmen verabschiedet, die in ihrem roten Kleid und der gelben Rose hinter der strahlenden Tiziana und dem hüpfenden Oronzo über die Via Fegina den Hügel wieder hinabsteigt, in Richtung Bahnhof und alter Stadt, und vor bassem Erstaunen nicht weiß, was sie denken soll.

15

Ein Reh läuft am Strand entlang. Es ist wie im Traum. Carmen ist widerstandslos bereit, zu glauben, sie verliere allmählich den Verstand und das Reh sei, wie das unwirkliche Rendezvous mit ihrer ersten Liebe am Tage zuvor, ein Hirngespinst und sie habe offensichtlich das Alter erreicht, in dem Trugbilder, Wahnvorstellungen und Sinnestäuschungen die Wirklichkeit verschleierten. Doch auch Oronzo muss das Reh sehen, denn er flüstert, dass seine Oma es geschickt habe, um ihn zu beruhigen und wissen zu lassen, dass es ihr gut gehe. Da nun das Reh also für echt zu halten ist, muss es, und zwar unabhängig von der Frage, ob Oronzo berechtigt war, das Tier zum Botschafter des Krankenhauses von Sestri Levante zu erklären, mindestens als ein Wunder betrachtet werden, dass es nur wenige Meter vom schaumbedeckten Meer entfernt ungestört über ihren Strand läuft, worauf sich Carmen zwingt, es sich genauer anzusehen: Was für ein ergreifend zartes und zerbrechliches Geschöpf so ein Reh doch ist! So zierlich, dass man sich wundert, wo in diesem Reh ein Reh hausen kann. Behutsam wie eine Ballerina tippelt es über die Kieselsteine und blickt sich mit ruckartigen Bewegungen seines spitzen Kopfs scheu um. Carmen zweifelt nicht, dass das Reh sie beide entdeckt hat, denn plötzlich sieht sie dem Tier geradewegs in eines seiner Bambi-Augen, aber es hat keine Angst, Oronzo und sie rühren sich nicht, und der Abstand zwischen Mensch und Tier ist beträchtlich. Durch die Quarantäne sind Stadt, Promenade und Strand, wo gewöhnlich um diese Zeit des Jahres die Hochsaison kurz vor ihrem Ausbruch steht, so ausgestorben, dass Tiere diese sonst lauten, stinkenden und zum gefährlichen Menschenland gehörenden Orte nicht länger meiden. Das Reh steht einen Augenblick reglos da wie ein Denkmal zur Erinnerung an jenen Tag, als am Strand von Monterosso ein Reh gesichtet wurde, bevor es, aufgeschreckt von etwas, das Menschen nicht wahrnehmen können, mit erstaunlicher Geschwindigkeit davonflitzt. Es fliegt über den Strand wie ein Kieselstein, der über das Wasser hüpft. Die menschengemachte Treppe bildet nicht das geringste Hindernis, und über die Via Corone flüchtend ist das Tier im Nu in den Hügeln verschwunden.

Sie hatten kaum den Rückweg von der Villa angetreten, als Tiziana Carmen schon mit Fragen bombardierte, die diese jedoch nur vage und ausweichend beantwortete, woraus Tiziana voll innerer Zufriedenheit und mit einiger Berechtigung schloss, dass Carmen etwas durcheinander war und ein wenig Zeit brauchte, um das Wiedersehen zu verarbeiten. Den ganzen Abend über umtänzelte sie Carmen mit einem strahlenden Lächeln, auffällig bemüht, nicht anders als sonst Töpfe, Pfannen, Ingredienzien, Teller, Tücher und Lappen für alle Zwecke und den Korkenzieher zu schwingen, vor allem den Korkenzieher, doch irgendwann hielt sie es nicht mehr aus und wollte von Carmen wissen, wie sie sich denn fühle.

»Weißt du was, Oronzo?«, sagt Carmen. »Ich konnte Tizianas Frage gestern nicht beantworten, und mir ist erst jetzt klar, warum.«

Sie sitzen am Strand, dort, wo eben noch das Reh gestanden hat, und schauen aufs Meer, das grau ist heute und nicht die Farbe besitzt, die Carmens Seele am liebsten annimmt.

»Ich konnte Tiziana nicht sagen, wie ich mich gefühlt habe, weil ich rein gar nichts gefühlt habe. Ich habe versucht, meine Erinnerungen an damals vor dem Zahn der Zeit und den Veränderungen zu bewahren, und habe sie als Schätze in mein Gedächtnis eingeschlossen wie in eine Vitrine. Aber in der Zwischenzeit ist in der realen Welt viel zu viel Zeit vergangen: Nichts an dem Mann, zu dem Antonio geworden ist, hat mich an meine Erinnerungen erinnert. Du erinnerst mich mehr an den Antonio, den ich von früher kenne, als dieser Antonio, zu dem Antonio offensichtlich geworden ist. So gut konnte ich das gestern nicht sagen. Außerdem wollte ich Tiziana nicht enttäuschen, wenn du verstehst, was ich meine. Tiziana liegt an diesem Happy End viel mehr als mir. Deshalb habe ich gesagt, was ich gesagt habe. Und natürlich war er sehr charmant, mit der Rose und dem schlecht sitzenden Anzug und der unbeholfenen Verbeugung und dem Geständnis, dass er jahrelang auf mich gewartet hat. Aber unter uns gesagt, Oronzo: Ich fand es etwas peinlich. Vor allem das Geständnis hat mich gestört, denn es hat geklungen, als käme es direkt aus *Die Liebe in den Zeiten der Cholera*. Wir beide sind doch als Romanfiguren einfach falsch besetzt, wir mit unseren Durchschnittsgesichtern und -leben und belastet mit einem Alltag und einer nutzlosen Vergangenheit. Die ganze Romantik ist irgendwie verlogen. Hältst du mich für zynisch, Oronzo? Bin ich undankbar?«

Oronzo stochert nachdenklich mit einem Stöckchen zwischen den Kieselsteinen.

»Du hast recht, Oronzo. Es ist, wie es ist. Es ist halt so. Ich geh schwimmen.«

»Vielleicht können wir den netten Mann von gestern fragen, ob er mal mit uns an den Strand kommen will«, sagt Oronzo. »Dann könnt ihr zusammen schwimmen.«

Carmen lacht. »Das ist eine gute Idee, Oronzo. Antonio ist ein Meisterschwimmer.«

Carmen zieht das Kleid aus, faltet es zusammen, legt es auf die Handtasche und geht ins Wasser. Es verwässert im Nu ihre Gedanken. Ehrfurchtsvoll, als beträte sie ein ihr fremdes Haus, lässt sie die Küste hinter sich und schwimmt ein Stück ins offene Meer hinaus. Wie Musik bei einer entscheidenden Filmszene schwillt die Tiefe unter ihr an, und sie taucht hinab in die Welt unterhalb des oberen Weltenareals, wo kein Fisch je eine Oberflächlichkeit aufgeschnappt hat, wo sich die Stille der Wahrheit erstreckt und wo die ganzen Jahre unberührt ihre Erinnerungen geruht haben. Als sie mit dem Kopf wieder aus dem Wasser kommt, ist ihr klar, dass etwas nicht stimmt.

16

Ohne große Mühe lässt sich Tiziana dazu bewegen, eine zweite Verabredung mit Antonio zu arrangieren. Gleichzeitig hat sie vollstes Verständnis dafür, dass Carmen diesmal lieber allein hinmöchte, und lächelt vieldeutig, als sie mehrmals betont, Carmen könne so lange wegbleiben wie nötig.

Es dauert ein paar Tage, bis Antonio wieder Zeit hat, und als es so weit ist und sie, nachdem sie sich wieder die Lippen geschminkt hat, zur Fahlgelben Pagode aufbricht, will Oronzo sie begleiten. Tiziana versucht, ihn daran zu hindern, aber Carmen hat nichts dagegen. Tiziana stutzt, erkennt aber sofort Carmens Strategie. Eine Frau mit einem artigen Kind an der Seite wird automatisch zu einer guten Mutter.

Antonio scheint noch nervöser zu sein als beim ersten Mal. Es hat den Anschein, als wollte er seine hagere Gestalt noch hagerer machen und sich in seinem zu großen Anzug verstecken, und als wollte er der Situation entschlüpfen, indem er so täte, als wäre er unsichtbar. Mit ruckartigem Kopfzucken blickt er sich um, scheu wie das Reh am Strand. Vielleicht weil er nun Missverständnisse befürchtet, da ihm klar ist, dass sie diesmal auf Tizianas übersetzerisches Talent verzichten müssen, oder weil er aus dem Umstand, dass Carmen, wie Venus von Amor, nur von einem kleinen Knirps als Sittenwächter begleitet wird, die falschen Schlüsse zieht und es für beunruhigende Zeichen eines Interesses hält, welches ihn in höchstem Maße beunruhigt und verunsichert. Wer weiß, vielleicht hat er auch gehofft, sich mit der gelben Rose und der linkischen Verbeugung seiner Aufgabe entledigt zu haben, und fürchtet nun, sein Repertoire an charmanten Gesten könnte erschöpft sein. Er lädt Carmen zu einem Spaziergang durch den Garten ein. Weit holt er mit seinen langen Beinen aus, als wollte er sie so schnell wie möglich loswerden, dabei ist der Garten viel zu klein für große Schritte.

Als sie vor einer Sansevieria in einem gesprungenen Terrakottakübel innehalten, erkundigt sich Carmen nach dem ersten gemeinsamen Kuss. Er hat ihr Italienisch verstanden. Hilflos blickt er sich um, als suchte er nach einem Grund, nicht antworten zu müssen. Er findet keinen. Stotternd erwidert er, dass ihr erster Kuss am Strand zu seinen süßesten Erinnerungen gehöre. Carmen versteht seine Worte, denn es sind dieselben wie beim ersten Treffen.

»Am Strand«, sagt Carmen.
»Ja.«
»Beim Sonnenuntergang«, sagt Carmen.
»Es war sehr romantisch.«

»Wir saßen am Strand und blickten aufs Meer«, sagt Carmen.

»Ich werde es nie vergessen.«

Carmen sieht Antonio forschend an. Er wendet den Blick ab.

In diesem Moment kommt Oronzo zurück, der einmal um die ganze Villa gerannt ist, und stellt sich ganz dicht neben Carmen. Er sieht Antonio an und sagt: »Wenn Sie wollen, können Sie mal mit uns zum Strand kommen. Dann können Sie mit Carmen schwimmen gehen. Ich schwimme nämlich nicht, und sie würde sehr gerne mal mit jemandem zusammen schwimmen.«

Antonio lacht, als wäre er erleichtert, dass das Gespräch dank Oronzos kindlicher Unschuld eine Wendung nimmt, bevor Carmen noch mehr Details bezüglich ihres ersten Kusses erfragen kann.

»Ich danke für die Einladung«, sagt er zu Oronzo. »Ich würde sie sehr gerne annehmen, aber ich muss leider ablehnen: Ich kann nicht schwimmen.«

»Sie können nicht schwimmen«, sagt Carmen.

»Nein, ich habe es nie gelernt. Ich habe Angst vor dem Wasser, oder besser gesagt, weniger vor dem Wasser als vor der Tiefe unter dem Wasser. Es ist eine Art Höhenangst, obwohl ›Tiefenangst‹ wohl das passendere Wort wäre.« Er lacht über sein gelungenes Wortspiel. »Was meinen Sie, sollen wir uns nicht aufgrund unserer gemeinsamen Vergangenheit duzen?«

»Wir haben keine gemeinsame Vergangenheit«, sagt Carmen. »Sie sind nicht mein Antonio. Mein Antonio ist aus dem Schaum des Meeres auf den Felsen geklettert wie ein bronzefarbener Gott, und dann ist er vor meinen Augen mit einem tollen Köpfer ins Meer gesprungen. Danach sind wir den ganzen Tag im Meer geschwommen. Wir konnten am Ende sogar Händchen haltend schwimmen. Zwischen Felsen und Grotten haben wir wahre Schätze gefunden: einen Seestern, Laschen von Coladosen, geschliffene grüne Glasstücke, Tintenfischmuscheln und eine Sonnenbrille mit nur einem Bügel. Und unter Wasser hat er mir dann zum ersten Mal einen Kuss gegeben, nicht am Strand. So was vergisst man nicht. Hat Tiziana Sie instruiert, dass Sie sich als mein Antonio ausgeben sollen?«

Er starrt auf seine Schuhspitzen. »Ich bin ein schlechter Schauspieler«, sagt er.

»Warum hat Tiziana Sie dann ausgewählt?«

»Weil ich Antonio heiße. Es tut mir leid, dass ich Sie enttäuscht habe. Und auch, dass ich Sie angelogen habe.«

Kaum hat er seine schlecht einstudierte Rolle und das Lampenfieber abgelegt und die unglaubwürdig dargestellte Figur durch einen enttäuschten und beschämten Schauspieler ersetzt, findet Carmen ihn viel sympathischer.

»So schlecht waren Sie gar nicht«, sagt sie. »Sie waren bloß nicht ausreichend informiert.«

Er nickt. Vorsichtig traut er sich wieder, sie anzuschauen. Er sieht sie lächeln. »Sie sind mir nicht böse?«, fragt er.

»Nein, Ihnen bin ich nicht böse«, sagt Carmen. Es stimmt. Statt verärgert oder empört zu sein, dass man versucht hat, sie hinters Licht zu führen, ist sie stolz, den Betrug durchschaut und das Komplott entdeckt zu haben. Na? Hat sie es nicht immer gesagt: Sie mag zwar manchmal der Einfachheit halber die Naive geben, aber beschränkt ist sie nicht!

Sie geht auf Antonio zu, stellt sich auf die Zehenspitzen und küsst ihn auf die Wange.

17

»Sie haben sich geküsst!«, ruft Oronzo, als sie am unter dem Ahorn und der Mispel stehenden Brunnen mit dem bösen Fisch vorbei die schmuck mit Kletterpflanzen bewachsene Treppe zu Titi's B & B hinaufgehen. »Ich habe es selbst gesehen: Sie haben sich geküsst!«, ruft Oronzo, als sie in Tizianas Küche kommen. Aber Tiziana ist nicht da.

Das verschafft Carmen Zeit zum Nachdenken, die sie eigentlich gar nicht braucht. Zuerst will sie sich eine Kanne Tee kochen, doch dann fällt ihr Blick auf die offene Weinflasche vom Vorabend, die noch auf der Küchenanrichte steht. Sie sieht auf die Uhr, entzündet den Gasherd, zögert, dreht ihn wieder aus, ergreift die Flasche und ein Glas, setzt sich an den Küchentisch und schenkt sich ein. Oronzo geht zum Spielen nach draußen. Carmen lässt ihn gehen. In Monterosso fahren keine Autos, also steht dem nichts entgegen. Seit sie sich wie eine Stellvertreter-Mama fühlt, denkt sie so was.

Sie erinnert sich, wie sie einmal vor längerer Zeit – in einem anderen Leben, in einem flacheren Land – über verlorene Augenblicke nachgedacht hat. In Romanen passiert alles im passenden Tempo. Eine Konsequenz folgt ohne Zaudern auf die Ursache, eine Tat ist das logische Ergebnis einer Absicht und eine Reaktion das Echo auf eine Handlung. Hat die Heldin einer Geschichte eigenhändig ein Komplott aufgedeckt, streicht sie, wenn sie im nächsten Kapitel die Schuldigen mit ihrer verblüffend intelligenten Entdeckung konfrontiert, dafür zwangsläufig die Meriten ein. Im echten Leben aber fehlt eine derart strenge Komposition, was die Tatkraft im echten Leben empfindlich schwächt. Verlorene Augenblicke sind nutzlose Pausen im Plot, die entstehen, wenn der Autor seine Figuren notgedrungen allein lässt, weil er müde ist oder eine Verabredung mit seinem Verleger oder Manager hat, Pausen, die eine Heldin zwar mit Teekochen füllen könnte, in denen sie stattdessen aber zum Barbera des Vorabends greift, wodurch ihr inneres Feuer jedoch erlischt und ihr die Ursache des Schwungs und der Begeisterung abhanden kommt, die ihr Heldinnentum ausmachen.

Selbst ihr Antonio hat sich nur als ein Stellvertreter erwiesen. Und auch diesmal, nachdem sie mutig und allein, ohne den stets alle Entscheidungen treffenden Rob, nach Monterosso gereist ist, hat eine andere Person eingegriffen und ihre Erlebnisse inszeniert. Sogar als Drehbuchschreiberin des eigenen Urlaubs ist sie nur eine Stellvertreterin. Die Frage, wie sehr sie das erbost, wäre im Moment die einzig unbedingt zu stellende Frage. Eindeutig beantworten allerdings könnte sie sie nicht.

Sie betrachtet die gelbe Rose, die in einer leeren Weinflasche auf dem Küchentisch steht. Armer Antonio. Sogar die Farbe der Rose ist falsch. Die Liebe ist rot, rot wie das Herz auf Oronzos Mütze. Durchaus möglich, dass sie den schüchternen Mann in seinem großen Anzug stärker bemitleidet als sich selbst. Er ist das eigentliche Opfer von Tizianas Machenschaften.

Wo ist sie bloß? Weit weg kann sie ja nicht sein. Tiziana verfolgt täglich die Nachrichten und hat gesagt, dass die Inzidenzen endlich sinken, trotzdem gilt das Dekret nach wie vor, wonach es ihr verboten ist, sich mehr als zweihundert Meter vom Küchentisch zu entfernen.

Carmen will Rob anrufen, aber sie hat noch immer kein neues Telefon gekauft, und Tiziana hat ihres natürlich mit, weshalb sie sie nicht mal anrufen und fragen kann, wo zum Teufel sie eigentlich ist, denn auch dafür wäre sie auf Tizianas Telefon angewiesen. Und weil sie schon mal dabei ist: Wen kann sie im Moment eigentlich auch nicht anrufen? Das Krankenhaus von Sestri Levante hat nichts mehr von sich hören lassen, was wahrscheinlich ein gutes Zeichen ist. Was aber wäre, wenn Oronzos Oma unverhofft doch sterben sollte? Darüber hat sie sich insgeheim schon Gedanken gemacht. Ungeachtet der Tatsache, dass ihre Entscheidung darüber bereits gefallen ist, ist ihr klar, dass auch Rob, wenigstens der Form halber, damit einverstanden sein müsste. Vielleicht wäre es gut, ihn schon einmal ein wenig auf die Möglichkeit vorzubereiten. Es wäre eine große Veränderung in ihrer beider Leben. Es wäre endlich überhaupt eine Veränderung.

18

Als Tiziana etwa eine Stunde später flatternd, plappernd und die Einkaufstaschen schwenkend die Küche mit ihrer Omnipräsenz füllt, hat sich Carmens Empörung durch das Vergehen der Zeit und den Barbera zu einem ironischen Lächeln verdünnt, welches ihre Lippen bei der Erinnerung an das Vorgefallene umkräuselt.

»Interessant«, antwortet sie, als Tiziana, die Plastiktaschen noch in der Hand, so gleichmütig wie möglich fragt, wie das Treffen denn gewesen sei. Eine Antwort, die Tizianas ohnehin kaum zügelbare Neugier ins Unerträgliche steigen lässt. Sie knallt die Einkaufstaschen auf den Küchenboden, packt Carmen an den Schultern und rüttelt an ihr.

»Erzähl schon!«, sagt sie. »Und wehe, du lässt was aus!«

»Oronzo hat ihn eingeladen, mit uns schwimmen zu gehen.«

»Du erzählst es vollkommen falsch, Carmen.« Tizianas Wut ist nicht gespielt. »So eine Geschichte musst du sorgfältig komponieren – von der Einleitung zum Höhepunkt: Du musst mit nervenaufreibender Präzision an der Chronologie entlangkriechen, vom Zeitpunkt der Ankunft bis da, wo die Unterhaltung beginnt, Wort für Wort musst du nacherzählen und nichts auslassen, keinen wichtigen Nebengedanken, nicht, wie es vom Augenaufschlag zur Geste kommt, alles, von der Erwartung zu der Erfüllung dieser Erwartung und von den banalen Tatsachen zum Traum am Ende. So müssen Geschichten sein. Du musst mich teilhaben lassen an der unerträglichen Spannung, die zum Schaudern eurer ersten Berührung führt. Ich verdiene es, die Geschichte so zu erleben, als wäre ich dabei gewesen. Du kannst nicht einfach aus heiterem Himmel ein irrelevantes Detail fallen lassen und dann schweigend dasitzen, die Lippen zusammenpressen und ein derart verärgertes Lächeln lächeln.«

»Das ist kein irrelevantes Detail«, sagt Carmen. »Es ist die Hauptsache. Damit ist die ganze Geschichte schon erzählt.«

»Und warum das?«

»Weil er nicht schwimmen kann. Deshalb hat er ja Oronzos Einladung höflich abgelehnt.«

Carmen beobachtet, wie Tiziana ganz allmählich schwant, warum es ein Problem sein könnte, dass ihr auserwählter Antonio des Schwimmens nicht mächtig ist, und wie sie rasend schnell nach einer Strategie sucht, um die Geschichte doch noch zu retten.

»Vielleicht hat er das nur so gesagt«, antwortet sie. »Du musst bedenken: Er ist immerhin schon etwas älter, und da erlaubt man sich weniger Frivolitäten, als wenn man jung ist. Wahrscheinlich hatte er keine Lust zum Schwimmen und hat einfach die Ausrede erfunden, dass er es nicht kann.« Sie tritt ans Küchenfenster und schaut hinaus, als ob sie erwartet, dass jemand den Beweis für ihre Theorie dort irgendwo abgelegt hätte.

»Du darfst auch die Mentalitätsunterschiede nicht vergessen«, fährt sie fort. »Ein Italiener tut sich schwer damit, einen anderen zu enttäuschen. In den Niederlanden mag das anders sein, aber für einen Italiener oder eine Italienerin ist das ein Gesichtsverlust. Hier wird man immer versuchen, die Ursache der Enttäuschung von der eigenen Person wegzuschieben, sogar wenn es dafür eine Lüge braucht. Keine Lust zu haben ist kein akzeptabler Grund, und deshalb musste er sich etwas ausdenken, wodurch es faktisch unmöglich ist, die Einladung anzunehmen.«

»Er wusste nicht mehr, dass wir uns zum ersten Mal unter Wasser geküsst haben.«

»Das ist Jahrzehnte her«, sagt Tiziana. »Unser Gedächtnis macht Fehler.«

»Liebe Tiziana«, sagt Carmen, »lass es gut sein. Dein Antonio hat bereits gestanden, dass er auf deine Bitte hin versucht hat, mein Antonio zu sein.«

Tiziana dreht sich um und richtet den Blick zur Zimmerdecke. Sie streicht sich durch das Haar und setzt sich dann ganz langsam und bedächtig an den Küchentisch.

»Du erlaubst?«, fragt sie und nimmt, ohne eine Antwort abzuwarten, einen tiefernsten, ausgewachsenen Schluck Barbera aus Carmens Glas, worauf sie tief Luft holt, als müsste sie allen Mut zusammennehmen, um sagen zu können, was sie jetzt sagen wird, doch sie zögert noch. Sie legt die Hände flach auf den Tisch und betrachtet ihre Fingernägel. Dann faltet sie sie unter dem Kinn wie eine Schauspielerin in einem Stummfilm. Mit wässrigen Augen blickt sie zuerst Carmen an und dann zum Kühlschrank, als fiele ihr plötzlich ein, dass sie ja die Einkäufe, die sie mit einer gänzlich anderen, inzwischen obsolet gewordenen inneren Gestimmtheit arglos auf dem Boden abgestellt hat, noch verstauen müsse. Sie holt abermals tief Luft, ergreift Carmens Hände und beugt sich so weit vor, wie es das Zusammenspiel von Tischkante und üppigem Busen erlaubt. Sie sieht Carmen mit einem Blick an, der Steine zum Erweichen brächte.

»Bitte, Carmen«, flüstert sie, »sei ihm nicht böse.«

»Keine Bange, das bin ich nicht«, sagt Carmen.

»Es ist nicht seine Schuld. Das Ganze war meine Idee. Er wollte auch erst gar nichts davon wissen, aber du kennst mich ja. Man kann mir nur schwer etwas abschlagen, wenn ich mal beschlossen habe, mir nichts abschlagen zu lassen.«

»Ja, ich kenne dich«, sagt Carmen.

»Du kannst mir böse sein, aber ihm bitte nicht.«

»In Ordnung.«

»Bist du mir böse?«

»Hängt davon ab«, sagt Carmen.

»Versteh ich.«

»Warum?«, fragt Carmen.

Tiziana nickt, um Carmen zu verdeutlichen, dass sie

weiß, wie relevant diese Frage unter den gegebenen Umständen ist. Um Zeit zu gewinnen, wiederholt sie die Frage: »Warum?«

»Ja, das war meine Frage«, sagt Carmen. »Warum also?«

Sanft drückt sie Tizianas Hände, um sie zu einer Antwort zu ermutigen. »Warum hast du das ganze Theater eigentlich veranstaltet?«

Tiziana seufzt. »Ich verstehe, dass du wütend auf mich bist, Carmen. Wie lächerlich anzunehmen, du würdest mir die Geschichte glauben. Obwohl du oft die Naive spielst, bist du nicht auf den Kopf gefallen. Aber als du mir vor ein paar Wochen, nein Monaten erzählt hast, du wärst in Monterosso, weil du ein jahrzehntealtes Versprechen an deinen ersten Freund einlösen wolltest, fand ich die Geschichte so schön und so herzerwärmend und einfach unwiderstehlich. Das Ganze schrie einfach nach einem Happy End, oder wenigstens nach irgendeinem Abschluss, egal welcher Art. Ich hasse offene Enden.«

»Ich auch«, antwortet Carmen.

»Zuerst habe ich wirklich geglaubt, ich könnte deinen Antonio für dich finden. Und als ich dann mit viel Mühe – die Einzelheiten erspare ich dir – einen Antonio gefunden hatte, der in Montales Villa arbeitet, war ich absolut sicher, dass er es war und dass ich dich mit deiner Jugendliebe überraschen könnte. Ich habe ihn angerufen, aber ich habe sofort gemerkt, dass ich wieder mal zu optimistisch gewesen bin; er war nicht dein Antonio. Aber ich wollte das nicht akzeptieren. Es hat mir das Herz gebrochen. Ich wollte dir so gerne eine Geschichte schenken, Carmen. Besser eine erfundene als gar keine, dachte ich mir. Und so kam's. Deshalb habe ich ihn dazu überredet und ihn instruiert, so zu tun, als wäre er deine erste Liebe, die jahrelang auf dich gewartet und dich nie vergessen hat. Dass man das Ganze auch einen Betrug nennen könnte, habe ich dabei übersehen. So ergriffen war ich von meiner eigenen, erfundenen Geschichte. Ich wollte dir eine Geschichte geben, weil Geschichten nun mal wichtig sind, das hast du selbst gesagt. Aber ich habe alles falsch gemacht. Es tut mir leid.«

»Willst du meine Meinung darüber hören, Tiziana?«, sagt Carmen leise.

»Ja«, antwortet Tiziana zerknirscht.

»Eigentlich finde ich es sehr lieb von dir.«

»Wirklich?«

»Ich danke dir dafür, dass du das für mich tun wolltest«, sagt Carmen.

»Aber ich hab's vermasselt«, sagt Tiziana.

»Dadurch wird die Geschichte nur schöner«, sagt Carmen. Sie lacht. Auch Tiziana lacht, obgleich mehr aus Erleichterung darüber, dass Carmen ihre misslungenen Machenschaften so sportlich aufnimmt. Carmen amüsiert es köstlich, dass Tiziana, obwohl sie ein Lachen unterdrücken muss, noch immer so ein schuldbewusstes Gesicht macht. Und je mehr sich Carmen darüber vergnügt, desto vergnüglicher wird auch Tiziana zumute.

Schließlich springen beide auf und fallen sich lachend in die Arme. Sie hüpfen tanzend um den Küchentisch, wobei sie über die Einkaufstaschen stolpern, was den Anlass zur Heiterkeit noch vermehrt.

Just in diesem Augenblick betritt Oronzo die Küche. »Warum tanzt ihr denn?«, fragt er. »Seid ihr am Heiraten?«

19

In den nächsten Tagen versucht Tiziana mehrmals, den behandelnden Arzt im Krankenhaus von Sestri Levante zu erreichen, um Informationen über den Gesundheitszustand von Oronzos Oma zu erhalten, aber wenn überhaupt jemand auf der betreffenden Station den Telefonhörer abnimmt, dann eine Pflegeperson, die lediglich mitteilt, dass sie über keine Informationen verfüge und niemanden danach fragen könne, da im Moment viel zu viel zu tun sei. Tiziana beruhigt Carmen und Oronzo, dass das wohl zutreffe. Sie habe in der Zeitung gelesen, dass die Situation in den Krankenhäusern trotz der sinkenden Fallzahlen noch immer katastrophal sei und kein Arzt Zeit habe, die Angehörigen zu informieren.

Als nach einigen Tagen doch jemand ihre Telefonnummer notiert und verspricht zurückzurufen, feiern die drei das als Durchbruch.

Wiederum ein paar Tage später klingelt das Telefon. Tiziana ist gerade unter der Dusche. Carmen erkennt auf dem Display, dass eine Nummer anruft, die nicht in Tizianas Kontaktliste gespeichert ist. Das muss das Krankenhaus sein! Sie ruft Tiziana, aber diese hört sie nicht. Carmen könnte zum Badezimmer laufen, fürchtet aber, es würde zu lange dauern und das lang ersehnte Telefonat käme wieder nicht zustande. Wer weiß, wie lange sie dann warten müssten, bis ein neuer Kontakt hergestellt wäre. Sie beschließt, das Gespräch anzunehmen und sich an ihr bestes Italienisch zu wagen.

Eine Frauenstimme. »Pronto? Pronto?«

Es ist nicht das Krankenhaus.

Nein, ja, das stimmt, das ist Tizianas Nummer. Carmen erklärt, so frei gewesen zu sein, das Telefon an Tizianas statt abzunehmen, weil sie ein wichtiges Telefonat erwarte.

Wo Tiziana sei?

Sie sei gerade verhindert, aber mit wem habe sie die Ehre zu sprechen?

Giulia, erklärt die Frauenstimme.

Julia? Tizianas Tochter, die in Mailand wohnt?

Ja, sie habe eine neue Nummer. Aber wer sei Carmen eigentlich?

Carmen wechselt ins Englische, nicht in ihr unidiomatisches Englisch, sondern in ihr echtes.

»Sie sprechen mit der Frau des niederländischen Botschafters«, erklärt sie. »Ich wohne gerade bei Ihrer Mutter, sie ist eine gute Freundin von mir, und ich bin froh, dass ich Sie endlich sprechen kann, Julia. Ihre Mutter hat mir nicht viel über Sie erzählt, weil es offensichtlich nicht viel über Sie zu erzählen gibt. Nur so viel, dass Sie sie nur anrufen, wenn Sie sie brauchen, und sonst ignorieren Sie sie und halten es nicht für nötig, die eigene

Mutter einmal zu besuchen. Sind sich zu fein dafür. Sie sind so verblendet und verdorben durch Ihr statusgeiles Instagramleben und Ihre Mailänder Cocktails, dass Sie Ihre Mutter für provinziell halten und glauben, das Recht zu haben, auf ihre Art zu leben herabzusehen. Das ist beschränkt und widerlich. Ihr Verhalten, Julia, hat in den höchsten diplomatischen Kreisen Missfallen erregt. Man hat in diesem Zusammenhang sogar Homer zitiert, und das will was heißen! Wenn Sie Ihr Verhalten nicht rasch ändern, könnte das Konsequenzen für eine eventuelle internationale Karriere haben.«

»Homer?«

»Agamemnon in der Unterwelt, um genau zu sein. Sie verstehen, dass Ihre Angelegenheit hohe Wellen geschlagen hat. Und so bleibt mir nur noch, Ihnen mitzuteilen, dass ich damit das Gespräch beenden möchte und Ihre Bitte um finanzielle Unterstützung selbstverständlich nicht an Ihre Mutter weitergeben werde, geschweige denn zu sagen, dass Sie angerufen haben. Ich hoffe, dass Sie mich damit entschuldigen wollen. Ihre Mutter und ich sind zu einem informellen Empfang mit führenden Wirtschaftskräften eingeladen. Auf Wiedersehen.«

»Wer war das?«, fragt Tiziana, die in mehrere bunte Handtücher gewickelt die Küche betritt.

»Niemand«, sagt Carmen. »Verwählt.«

In diesem Augenblick klingelt Tizianas Telefon ein zweites Mal. Carmen reicht Tiziana den Apparat, die ihn nach einem filmreifen Kampf mit dem als Turban um das nasse Haar gewickelten gelben Handtuch zum

Ohr führt und, als sie hört, wer am anderen Ende der Leitung ist, übertrieben, aber trotzdem vollkommen glaubwürdig, das Gesicht zu einer erstaunten Miene verzieht.

»Das Krankenhaus?«, fragt Carmen.

Tiziana gibt Carmen mit Handzeichen zu verstehen, still zu sein, wobei sie so heftig gestikuliert, dass das Schlimmste für das blaue und rot-weiß gestreifte Handtuch um ihren Körper zu befürchten ist.

»Das sind ja gute Nachrichten«, hört Carmen sie sagen.

»Danke schön. Ja, wirklich. Ich danke Ihnen vielmals.«

»Das«, sagt Tiziana, nachdem sie aufgelegt und das Telefon mit einer triumphierenden Geste auf den Küchentisch gelegt hat, »war Bruno Baptistin. Wir müssen uns sofort anziehen. Wo ist Oronzo?«

»Ich bin schon angezogen«, sagt Carmen. »Und wer, bitte, ist Bruno Baptistin?«

»Mein Steuerberater.«

»Komm schon, ein Steuerberater hat nie gute Nachrichten.«

»Na gut, es war der Nachbar«, sagt Tiziana.

»Der hätte ja auch vorbeikommen können.«

»Doch nicht *unser* Nachbar«, erklärt Tiziana. »Der Nachbar von Oronzos Oma. Sie ist aus dem Krankenhaus entlassen worden. Die Brüder vom Grünen Kreuz haben sie gerade nach Hause gebracht. Sie ist etwas müde und schwach, aber sonst in guter Verfassung. Bruno Baptistin hat sie in Empfang genommen und ihr geholfen. Er kennt mich, und er weiß, dass wir Oronzo aufgenommen haben. Deshalb hat er ihr angeboten, uns die frohe Botschaft zu überbringen.«

20

Oronzos Oma thront wie eine verschrumpelte kleine Königin im Wohnzimmer ihres alten Hauses in der Oberstadt, nicht weit von der Rotonde entfernt. Das mittägliche Sonnenlicht fällt streifig durch die geschlossenen Rollläden auf die puppenhafte Gestalt und das zerfurchte Gesicht mit den lieben, hellen und wachen Augen, denen nichts entgeht und die aus den vielen Falten heraus ironisch auf die Welt blicken. Als Carmen, Tiziana und Oronzo eintreten, zieht sie eine triumphierende und spöttische Miene, weil sie das gefährliche Virus wie eine Selbstverständlichkeit überlebt hat und sich offenbar einige liebe Menschen vollkommen unbegründete Sorgen um sie gemacht haben.

Oronzo stürzt auf sie zu, springt ihr auf den Schoß und umarmt ihren runzligen Hals mit beiden Armen. Lachend tätschelt sie ihm den Rücken, als müsste sie ein aufgedrehtes, vor Freude außer sich geratenes Schoßhündchen beruhigen. Während die Kinderschultern von einem Schluchzen geschüttelt werden, wirft Oronzos Oma einen Blick in Richtung Carmen und Tiziana, bevor sie für einen Moment die Augen schließt, wie nur Omas dies als Zeichen tiefer Dankbarkeit tun können.

Dann wirft sie einen durchdringenden Blick auf Carmen. Carmen hat das Gefühl, als sehe die alte Frau mitten durch sie hindurch. Oronzos Oma lächelt.

»Ich wusste, dass du eines Tages wiederkommen würdest«, sagt sie zu Carmen. »Ich habe immer zu meinem Sohn gesagt, dass du zurückkehrst, und zwar dann, wenn wir dich am dringendsten brauchen. Ihr wart so vertraut miteinander, du und er, wie Zwillinge, wie zwei geheimnisvolle Wasserwesen. Weißt du, dass er dich nie vergessen hat? Natürlich weißt du das. Wie war doch noch mal dein Name? Nein, sage es nicht. Mein Gedächtnis funktioniert noch prima. Carmen. Stimmt's? Ja, siehst du, es stimmt. Ich habe meinen Sohn nie mehr so glücklich gesehen wie damals. Ihr seid Hand in Hand geschwommen und habt den Sommer ewig dauern lassen. Aber vielleicht sage ich das nicht ganz richtig. Nein, er war später auch glücklich, als er geheiratet hat zum Beispiel, und vor allem als Oronzo geboren wurde. Du hättest ihn sehen sollen! Aber in dem Sommer mit dir, da war er vollständig. Verstehst du, was ich meine? So vollständig, dass er sich traute, ohne Probleme er selbst zu sein. Ach, er war noch so jung damals!«

Carmen blickt Tiziana an, um sich zu vergewissern, dass das, was sie glaubt verstanden zu haben, nicht auf einem Übersetzungsfehler beruht. Tizianas sichtbare Verblüffung genügt, um ihr zu beweisen, dass es stimmt.

»War Antonio Ihr Sohn?«, fragt Carmen leise.

»Ja, ja, er hieß Antonio, nach seinem Großvater, dem

Vater meines seligen Mannes, dem alten Gauner – der Teufel sei seiner Seele gnädig. Sie sind alle tot, außer Oronzo und mir. Antonio ist lange Junggeselle geblieben, wir alle wissen, warum. Schließlich hat er Kasia gefunden, ein Mädchen aus Polen, und geheiratet, als sie mit Oronzo schwanger war. Sie hat behauptet, es wäre die große Liebe, aber ein Jahr nach Oronzos Geburt hat sich die polnische Braut davongemacht. Ein paar Monate später haben wir dann erfahren, dass sie bei einem Verkehrsunfall ums Leben gekommen ist, komischerweise nicht in Polen, sondern in einem der anderen Länder da oben, in denen so viel Weltschmerz herrscht. Danach war Antonio Vater und Mutter für Oronzo, und er hat seine Aufgabe erfüllt wie ein Heiliger. Er ist bei den schweren Überschwemmungen vom 25. Oktober umgekommen. Wie viele Jahre ist das her?«

»Das war 2011«, sagt Tiziana.

»Und welches Jahr haben wir jetzt?«

»Wir haben 2020. Es ist neun Jahre her«, sagt Tiziana.

»Wie schnell die Zeit vergeht«, sagt Oronzos Oma. »Es war an einem Dienstag. Es hatte am Morgen in den Bergen geregnet. Ein starker Regen, fast wie in der Bibel. Wir hatten gerade erfahren, dass die Vara und die Magra über die Ufer getreten waren, und da schoss schon das Wasser nach Monterosso hinein und hier über die Rotonde. Es war kein gutes Wasser. Ockerfarben wie der Neid. Die Strudel sind immer stärker geworden, voller Schlamm und Gerümpel. Bäume, Felsbrocken, Möbel, Autos, alles wurde durch die Gassen geschleift. Als wäre es Kinderspielzeug. Es ging so schnell. Oronzo hat noch draußen gespielt, hier bei mir, direkt vor der Tür. Antonio hat es gesehen und ist hinausgerannt, um ihn hereinzuholen. Aber das Wasser hatte Oronzo schon mitgerissen, aufs Meer zu. Antonio ist ins Wasser gesprungen und hat ihn ungefähr auf der Höhe von Tizianas Haus zu fassen bekommen. Er konnte sich mit einer Hand am alten Fischbrunnen festhalten und hat dann Oronzo mit der anderen aus dem Wasser gehoben und auf einen starken Ast des Ahorns gesetzt. Er hat Oronzo noch zugeschrien, dass er höher in den Baum klettern soll. Danach hat er den Halt verloren, und die Strömung hat ihn weggezogen. Oronzo konnte gerettet werden. Ein paar Tage später wurde Antonios Leiche an den Strand gespült. Er hatte eine üble Kopfwunde. Wahrscheinlich hat ihn eines der mitgerissenen Teile bewusstlos geschlagen, und er ist ertrunken.«

»Ich weiß nicht, was ich sagen soll«, sagt Carmen.

»An das alles kann ich mich nicht mehr erinnern, nicht wahr, Oma?«, sagt Oronzo.

»Nein, zum Glück nicht«, antwortet Oronzos Oma. »Du warst noch zu klein.«

»Deshalb schwimme ich auch nicht gern«, erklärt Oronzo. »Ich kann es, aber ich schwimme nur, wenn es sein muss. So, wie damals, als ich dich retten musste, Carmen.«

»Oronzo hat mir davon erzählt«, erklärt Oronzos Oma. »Ich hatte da schon so ein Gefühl, dass du das warst.«

»Es tut mir leid«, sagt Carmen leise.

»Was tut dir leid?«, fragt Oronzos Oma.

»Alles«, antwortet Carmen. »Dass Antonio tot ist. Dass ich nicht da war. Dass ich mich nicht an mein Versprechen gehalten habe. Dass ich nicht früher zurückgekommen bin.«

»Was sagst du denn da für dummes Zeug, Mädchen!«, ruft Oronzos Oma. »Du hast dein Versprechen eingehalten und kamst nach Monterosso als Oronzo, Antonios Sohn, dich gebraucht hat, weil ich anderswo sein musste. Wir sind dir alle sehr dankbar, Carmen. Oronzo, Antonio und ich.«

»Das ist sehr nett von Ihnen, dass Sie das sagen«, sagt Carmen.

»Es stimmt aber«, sagt Oronzos Oma.

»Nur eine Sache verstehe ich nicht.«

»Nur eine Sache?«

»Woher wussten Sie, dass ich es war?«

»Was meinst du, Kind?«

»Dass ich Carmen bin. Dass ich das Mädchen mit dem Unterwasserkuss bin. Dass Antonio meine erste Liebe war. Woher wussten Sie das?«

Oronzos Oma lacht. »Ach, Mädchen, was für eine komische Frage. Das habe ich doch gleich gesehen. Du hast dich kein bisschen verändert.«

21

Am Morgen ihrer Abreise steht Carmen in aller Frühe auf. Sie schleicht sich durchs Haus, um Tiziana nicht zu wecken, und geht zum Strand. Es ist noch dunkel. Sie setzt sich auf die Kiesel, schlingt die Arme um die angezogenen Beine, stützt das Kinn auf die Knie und betrachtet das Meer aus Tinte unter einem schwarzen Himmel. So sieht die Welt aus, wenn sie einmal vollgeschrieben ist, denkt sie, wenn alle Geschichten erzählt sind.

Im Osten, über den Hügeln links von ihr, wohin sie das Reh hat fliehen sehen, fängt der Tag an zu grauen wie das vage Versprechen eines neuen, unbeschriebenen Blatts. Ganz langsam tritt Farbe aus dem grauen Untergrund hervor. Einige Pinselstriche Lila erscheinen und gemahnen an die blauen Regenfälle, die violetter werden, je mehr sie sich an der Wärme gütlich tun. Das Meer dreht sich im Schlaf noch mal um und schnarcht in seinem zerknitterten, dunklen Bettzeug, doch ein gelbes und orangefarbenes Licht lugt bereits durch den Spalt am Horizont. Dann zeigt sich plötzlich in der schüchternen Pastellpalette eine dreiste rote Glut, und von diesem Augenblick an sind der neue Tag, das Vergehen von Zeit und Geschichte und der Hunger nach neuen Erzählungen nicht mehr aufzuhalten. Das Meer erwacht und macht sich im Purpurrot auf die Suche nach dem Blau. Während der Himmel im Westen, rechts über dem Schloss, noch von der Nacht träumt, fängt der Himmel über dem Meer an zu atmen und macht Platz für Weiten, für ehrgeizige Vorhaben und Taten. Das Licht prallt wider von kupfernen Posaunen. Die Sonne geht auf, es ist Tag.

Tiziana und Oronzo begleiten Carmen zum Bahnhof. Die Rollläden der Enoteca Internationale sind hochgezogen. Carmens Rollkoffer mit dem roten Flatterkleid, das Tiziana ihr geschenkt hat, rattert über das Kopfsteinpflaster. Überall werden die Straßencafés vorbereitet. Die wenigen Passanten, die ihnen unterwegs entgegenkommen, reiben sich die Augen angesichts der Freiheiten, die das neue Dekret den Menschen vorsichtig wieder gewährt.

»Weißt du, wer mich nächste Woche besuchen kommt?«, fragt Tiziana Carmen.

»Sag schon!«

»Giulia.«

»Deine Tochter?«

»Wir können mit Fug und Recht von einem Wunder sprechen.«

»Das freut mich für dich, Tiziana.«

Zu dritt stehen sie schweigend auf dem Bahnsteig und warten.

Als der Intercity nach Genua-Brignole in den Bahnhof einfährt, umarmt Tiziana Carmen.

»Für eine Frau, die glaubt, gewöhnlich zu sein«, sagt Tiziana, »bist du ganz schön außergewöhnlich. Ich werde dich vermissen.«

Carmen hätte ebenfalls gerne etwas künftig Zitierfähiges gesagt, aber sie hat einen Kloß im Hals, kann nicht nachdenken und sagt schlicht: »Ich danke dir für alles, Tiziana. Bis bald.«

»Bis bald?«

»Aber ja«, antwortet Carmen leise. »Schließlich sind wir ja verheiratet.«

»Das stimmt. Ich hatte es fast vergessen.« Tiziana lacht und gibt Carmen einen Kuss auf den Mund. Carmen erschrickt fast, aber dann lacht sie auch.

Carmen und Oronzo verabschieden sich nicht. Sie wissen, dass der andere stets in der Nähe ist und der Strand immer auf sie wartet. Carmen steigt in den Zug. Auf dem Trittbrett stehend hält sie einen Moment inne, dreht sich um und ruft: »Ich komme wieder, Oronzo.«

»Versprichst du es?«, fragt Oronzo.

»Ich verspreche es«, sagt Carmen. »Und du weißt ja, dass ich meine Versprechen halte.«

22

In Genua trifft Carmen an Gate 4 des internationalen Flughafens Cristoforo Colombo auf die unausweichliche und unerschütterliche Gestalt von Ilja Leonard Pfeijffer. Selbst für einen kurzen Kontinentalflug mit dem KLM Cityhopper hat er sich mit Anzug und sämtlichen Insignien herausgeputzt. Er sieht sie nicht, er ist viel zu sehr mit seinem Espresso und dem Nichtbeachten des gewöhnlichen Volkes beschäftigt. Als das Gate sich öffnet und die Passagiere für den Flug KL 1566 nach Amsterdam aufgerufen werden, stolziert er mit seiner Sonnenbrille routiniert an den Wartenden vorbei, um deutlich sichtbar für das Volk seine Gold-Card-Privilegien in Anspruch zu nehmen und als einer der Ersten die Abfertigung zu passieren.

Carmen schüttelt nur den Kopf. Sie wartet, bis sie an der Reihe ist, trottet hinter der Menschenmenge her und sucht ihren Sitzplatz. Sie hat 11 D, mit zusätzlichem Fußraum beim Notausgang, rechts vom Mittelgang. Doch wer thront da schon festgezurrt auf dem Sitz 11 F? Sie traut ihren Augen nicht: Sie sitzt neben ihm!

Er erkennt sie nicht. Er schaut sie nicht einmal an. Auch besser so. Was sollte sie auch zu ihm sagen? Man kann solch einen selbst ernannten Exponenten der modernen europäischen Literatur doch genauso wenig mit seinen Urlaubsanekdoten behelligen wie einen Konzertpianisten mit dem Vortrag der eigenen Version des Flohwalzers. Dabei wären Carmens jüngste Urlaubsgeschichten noch das Beste, was sie zu bieten hätte, denn ihr Leben vor diesem Urlaub war noch weniger einer Erzählung wert.

Das Flugzeug rollt zur Startbahn. Sie nimmt das Bordmagazin aus der Sitztasche und blättert es so desinteressiert wie möglich durch, um sich den Anschein zu geben, vollkommen desinteressiert zu sein. Er trägt noch immer die Sonnenbrille und scheint in Gedanken versunken. Sie muss zugeben, dass er das meisterhaft beherrscht: diese Gelassenheit und Autonomie, als wollte er zum Ausdruck bringen, dass ein großer Mann an den eigenen Gedanken genug habe. Unvorstellbar, dass sie und er, so wie sie hier zufällig nebeneinandersitzen, früher fast genauso nebeneinander in der Schulbank gesessen haben, jeder mit dem gleichen unbeschriebenen Heft vor sich, in das ihre Zukunft noch hineingeschrieben werden musste.

Als sich die Räder des Flugzeugs vom Boden lösen, spürt Carmen eine Leere in der Magengegend, die zum einen von der Schwerkraft und zum anderen vom Gedanken verursacht wird, dass sie im Begriff ist, den Kontakt zu Italien, Monterosso, Tiziana und Oronzo und ihrem Leben als temporäre Stellvertreter-Mama am Meer zu verlieren. Die Quarantäne, die für viele Menschen nur ein unerwünschtes Hindernis für ehrgeizige Ziele bildete, war für sie eine vorübergehende Befreiung von einer Normalität, der sie doch immerfort so tapfer die Stirn zu bieten versucht. Darf sie so etwas denken? Sie hat ein Alter erreicht, in dem es ihr egal sein könnte, ob so was zu denken erlaubt ist oder nicht, und in dem sie schamlos denkt, was zu denken sie anficht. Während das Flugzeug steigt, will sie aus dem Fenster noch einen letzten Blick auf Monterosso erhaschen, doch der große Schriftsteller versperrt ihr mit seinem riesigen Kopf und den vielen Haaren die Aussicht.

Am Horizont ihrer Gedanken tauchen die Niederlande auf. Sie würde lügen, wenn sie behauptete, sie habe Rob mehr vermisst als ihren Sherryvorrat unter der Treppe. Dennoch muss sie zu ihrer Überraschung gestehen, dass sie sich auf das Wiedersehen mit ihm freut. Er war zwar nie wirklich der Verbündete in zahllosen Abenteuern, für den sie ihn anfangs mit einem von romantischem Wunschdenken verzerrten Blick gehalten hat, doch ein Verbündeter in der Langeweile ist immer noch besser als gar kein Verbündeter. Und jemandem muss sie doch erzählen können, was sie in Monterosso erlebt hat, oder etwa nicht?

Nur was erzählt wird, lebt wirklich. Wäre das nicht ein schöner Titel für eine Lesereihe in der Öffentlichen Bibliothek? Über so etwas müsste sie in der nächsten Zeit häufiger nachdenken, denn alles muss sich ändern, das weiß sie gewiss.

Über den Alpen hält sie es nicht mehr aus. »Herr

Pfeijffer«, sagt sie. »Entschuldigen Sie, wenn ich Sie störe. Ich habe vollstes Verständnis dafür, wenn Sie es nicht mehr wissen, aber wir kennen uns.«

Er scheint aus einem Schläfchen zu erwachen. »Ihr Gesicht kam mir schon so bekannt vor«, antwortet er. »Helfen Sie mir auf die Sprünge? Wo genau wurde mir dieses Vergnügen zuteil?«

»In der Öffentlichen Bibliothek von L***«, antwortet Carmen.

»Stimmt«, sagt er. »Jetzt weiß ich es wieder. Aber das ist lange her, nicht wahr?«

»Nein, eigentlich nicht«, sagt Carmen. »Es war in diesem Frühjahr, während der Buchwoche, kurz bevor Corona ausgebrochen ist.«

»Sie haben recht«, sagt er. »Das war eine meiner letzten Lesungen. Was für eine Ehre, dass Sie meine Lesung besucht haben.«

»Ich habe Sie eingeladen«, antwortet Carmen. »Ich war gewissermaßen die Organisatorin. Ich konnte zwar bisher das Feedback zur Lesung noch nicht einsehen, aber ich glaube, den Leuten hat es gut gefallen. Jedenfalls habe ich unmittelbar nach der Lesung viele begeisterte Stimmen gehört.«

»So was höre ich gerne«, sagt er. Er nickt ihr freundlich zu, zum Zeichen, dass die Konversation wenigstens von seiner Seite ein zufriedenstellendes Ende erreicht hat.

»Sie haben über mich geschrieben«, platzt es aus Carmen heraus. Sie hat es ausgesprochen, bevor sie sich fragen konnte, ob sie das überhaupt sagen sollte.

»Pardon?«

»Wie waren in derselben Klasse auf der Petrusschule in R***. In Ihrem Erinnerungsbuch schreiben Sie über Ihre Schulzeit und erwähnen in diesem Zusammenhang das schönste Mädchen der Klasse, in das alle Jungen verliebt waren und Sie, wie ich glaube, auch ein bisschen, nicht wahr? Sie haben zwar den Namen geändert, aber ich habe mich trotzdem erkannt. Sie erwähnen auch die Straße, in der ich als Kind gewohnt habe. Ich weiß, dass mein heutiges Aussehen eine Tortur für Ihre Erinnerungen sein muss, aber so bin ich jetzt nun mal.«

»Monique«, sagt er. Er setzt die Sonnenbrille ab. »Bist du Monique?«

»Monique?«

»Du hast doch im Jacob-Hamelink-Weg gewohnt«, sagt er. »Das weiß ich noch genau. Es stimmt, ich habe tatsächlich darüber geschrieben. Es ist mir ein unerwartetes Vergnügen, dir zehn Kilometer über den Alpen wiederzubegegnen, Monique. Ich kann dir versichern, dass du dich überhaupt nicht verändert hast.« Er schüttelt ihr die Hand.

»Ich bin Carmen«, sagt Carmen.

»Carmen«, wiederholt der Schriftsteller nachdenklich.

»Mein Elternhaus stand auch im Jacob-Hamelink-Weg. Ich kann mich auch an Monique erinnern. Sie hat ein paar Häuser weiter gewohnt. Also war es Monique, die dem Schwimmunterricht einen Sinn gab.«

Sie sieht, wie dem Schriftsteller dämmert, dass er das peinliche Missverständnis nicht mehr aus der Welt schaffen kann und nur nach Worten sucht, um den Schmerz zu lindern. Doch Carmen lässt ihm keine Zeit, etwas zu erwidern, denn sie bricht in lautes Gelächter aus. Sie kann nichts dafür. Sie bekommt einen Lachanfall, der fast ans Hysterische grenzt. Das Ehepaar auf den Sitzplätzen 10 D und 10 F schaut sich bereits verärgert um, was sie noch mehr zum Lachen reizt. Beschämt sitzt der Schriftsteller leise lächelnd daneben, was für Carmen an Lustigkeit nicht zu überbieten ist. Das Lachen schüttelt sie in ihrem Stuhl hin und her, sie muss sich den Bauch halten, klappt vornüber, stößt mit dem Kopf gegen die Rückenlehne des Sitzes 10 D, schnappt nach Luft und lacht und lacht …

»Sie werden sich fragen, warum ich lache«, sagt Carmen zum Autor, als sie endlich wieder in der Lage ist, normal zu sprechen.

»Das tue ich tatsächlich.«

»Weil«, sagt sie und lacht wieder, »weil mir durch dieses Missverständnis klar geworden ist, dass alles auf einem einzigen Missverständnis beruht. Hätte ich Sie nicht zur Lesung eingeladen, hätten Sie nicht an diesem Abend über Monterosso gesprochen, und wenn Sie nicht über Monterosso gesprochen hätten, wäre ich nie auf die Idee gekommen hinzureisen. Wäre ich nicht hingereist, hätte ich Tiziana und Oronzo niemals kennengelernt und nie erfahren, was mit meiner ersten Liebe geschehen ist. Ich hätte die ganze Geschichte nicht erlebt, die mir seit sehr langer Zeit zum ersten Mal wieder das Gefühl gegeben hat, etwas Sinnvolles zu tun. Doch tatsächlich beginnt die ganze Geschichte damit, dass ich trotz der vielen Hürden, die Ihr Manager mir in den Weg gelegt hat, nicht lockergelassen habe, um Sie in unsere Bibliothek zu bekommen, weil ich der Meinung war, Sie hätten mich gemeint, als Sie so wunderschön über das schönste Mädchen der Klasse und den Schwimmunterricht geschrieben haben.«

Daraufhin erzählt sie ihm die ganze Geschichte. Er hört aufmerksam zu, was sie sehr nett von ihm findet.

Das Flugzeug setzt bereits zur Landung an, als sie sagt: »Ich kann mir vorstellen, dass Sie manchmal von Menschen angesprochen werden, die sagen, sie hätten so viel in ihrem Leben erlebt, dass Sie daraus doch einen Roman machen könnten.«

»Das geschieht öfter, als Sie denken«, bestätigt er.

»Ich möchte nicht, dass Sie glauben, ich gehöre zu dieser Sorte Mensch«, sagt sie. »Wenn ich tatsächlich so unverschämt wäre, Sie darum zu bitten, aus meiner Geschichte ein Buch zu machen, was ich nicht tue, dann täte ich es aus dem gegenteiligen Grund. Ich habe in meinem Leben so viel Belangloses erlebt und so wenig zustande gebracht, dass ich gerne auch einmal ein Buch über so etwas lesen würde. Ich habe die ganze Welt bereist, ohne was davon gesehen zu haben, ich habe Tennisbälle in Netze geschlagen und den Sherry entdeckt. Plötzlich, ohne etwas dafür getan zu haben, war ich alt und habe aus einem Missverständnis heraus einen Urlaub am Meer verbracht, auch das nicht weltbewegend, falls das überhaupt meine Absicht gewesen wäre und falls ich überhaupt eine Frau wäre, die je irgend etwas Weltbewegendes beabsichtigt hätte. Das ist die ganze Geschichte, und wenn nicht alles anders wird, was ziemlich unwahrscheinlich ist, dann ist ab morgen alles wieder genauso, wie es war. Daraus soll mal einer ein Tröpfchen Bedeutung destillieren, wenn Sie mir die alkoholische Metapher erlauben. Ich verstehe sehr gut, warum über Frauen wie mich keine Bücher geschrieben werden.«

»Aber Sie haben ein Versprechen eingelöst«, sagt er. »So etwas hat Bedeutung.«

»Aber Antonio hat nichts mehr davon«, wendet Carmen ein.

»Trotzdem ist es eine wertvolle Lektion«, sagt er. »Ich werde sie mir zu Herzen nehmen. Auch ich werde mich an mein Versprechen halten.«

»An welches Versprechen denn?«, fragt Carmen.

»Dass das alles nicht umsonst gewesen ist«, antwortet der Schriftsteller. »Und dass es leben wird, weil jemand es erzählt.«

Der Autor
Ilja Leonard Pfeijffer, geboren 1968 in Rijswijk/NL, schreibt Romane, Geschichten, Gedichte, Kolumnen, Essays, Theaterstücke und Songtexte. 2008 übersiedelte er nach Genua, wo er heute noch lebt und arbeitet. 2014 erhielt er den Libris Literatuur Prijs für seinen vierten Roman »Das schönste Mädchen von Genua«, von dem allein in den Niederlanden 80 000 Exemplare verkauft wurden und der zurzeit verfilmt wird. »Grand Hotel Europa« gelang auf Anhieb der Sprung auf die SPIEGEL-Bestsellerliste und wurde von Kritikern und Lesern gleichermaßen geschätzt.

Die Übersetzerin
Ira Wilhelm, 1962 geboren, studierte Komparatistik, Germanistik und Anglistik in München. Seit 1994 arbeitet sie als literarische Übersetzerin aus dem Niederländischen, u. a. von Stefan Hertmans und Erwin Mortier. Heute lebt sie in Berlin.

Das Buch
Diese Novelle hat eine besondere Geschichte: Sie ist entstanden als ehrenvoller Auftrag an Ilja Leonard Pfeijffer, das Buchgeschenk zur 87. Buchwoche der Niederlande zu schreiben, die unter dem Thema »Erste Liebe« steht. Auf maximal 98 Seiten sollte er der Liebe in all ihrer Schönheit und Komplexität Worte verleihen und eine Ode an die erste Liebe verfassen. Aus der Beobachtung, dass erste Lieben ein Leben lang nachhallen und für ein warmes Gefühl, eine leichte Verwirrung oder regelrechtes Heimweh sorgen, schuf er eine anrührende Geschichte, die Geschichte eines großen Missverständnisses und einer noch größeren Liebe: Carmen blickt auf ein genussreiches, aber recht laues Leben als Botschaftergattin zurück und engagiert sich in der Stadtbibliothek. Als dort ihr ehemaliger Mitschüler Ilja L. Pfeijffer aus »Das schönste Mädchen von Genua« liest, meint sie sich in dem Mädchen wiederzuerkennen, in das er damals verliebt war. Und sie erinnert sich an ihre Jugendliebe Antonio, den sie in Monterosso traf. Also begibt sie sich auf eine italienische Reise, um ihre wahre Liebe wiederzufinden – und ein Abenteuer beginnt.